100個

香港青年人
的故事

陳友凱　陸志文
王名彥　蘇以晴　編著

目錄

引言：青年精神健康的重要

　　大多數精神障礙及疾病在青年階段首次出現，而且不利於青年人的成長與發展。根據最近本地一項針對青年精神健康的流行病學研究數據（呢一代 Teen 青研究），在 15 至 24 歲的青年人中，每 6 人便有 1 人受着各種精神障礙的影響[1]。國際數據亦顯示，在成年人所患的精神障礙中，75% 在 24 歲前已埋下伏線[2]。在世界各地，精神障礙更是構成「失能調整生命年」（DALY）其中一個重要因素。而抑鬱症是導致 10 至 24 歲的兒童及青年出現功能喪失的第四大原因[3-4]。精神障礙除了給社會帶來直接的經濟成本，間接的經濟成本（例如精神障礙令青年人喪失工作能力）更是直接成本的五倍[5-6]。由此可見，精神障礙不但對青年人產生深遠的影響，對整體社會及醫療系統，也構成沉重的負擔。

　　此外，青年人的自殺問題在近年受到愈來愈多關注。早前香港進行的一項心理解剖研究反映，精神障礙是導致青年自殺其中一個重要因素[7]。本地的研究亦發現，5 位青年人中便有 1 位曾在過去一年有過自殺念頭[8]。要預防青年人自殺，其中一個關鍵策略，是針對青年人的精神困擾，為他們提供及早預防與及早介入。大量證據顯示，對精神障礙提供及早預防與介入，能有效減低青年人的自殺風險[9]。

　　近年社區不少機構，以至政府各部門，都竭力推廣精神健

康的重要，以及去污名化的計劃，其中的例子包括：在學校推行精神健康活動（例如思動計劃、好心情 @HK）及提倡青年友好的精神健康服務（例如賽馬會平行心間計劃）。可惜的是，它們對於年輕人主動尋求協助的影響和作用始終成疑。最近的數據顯示，在香港，只有 17% 受精神困擾的青年人曾接受任何形式的專業援助[1]。尋求協助的最大障礙，仍是精神障礙污名化的問題[10]。

青年階段是個人發展的一個重要階段。青年人依賴父母的支持，亦一步步邁向獨立，並尋求身份認同。在這成年萌發期，青年人學習掌握成年人的生活技能與社交技巧，但同時經歷不同心理社會轉變[11]。在這關鍵階段，青年人如不能成功由童年階段過渡至成人階段，會引致生命停滯不前，並有可能陷入長期的失能狀態。研究發現，那些稱為「尼特族」的青年（NEET，即不接受教育、不就業、不進修的一群）在成年階段出現失能的機會亦會大增[5]。

其次，當青年人進入青春期，大腦亦會出現一系列變化，其中包括：

1. 大腦的髓鞘化（myelination）讓軸突的傳導能力得到提升。
2. 抑制能力和控制能力（maturation of inhibition control）漸趨成熟。
3. 多巴胺系統（dopamine system）的成熟有助調節知覺顯著性（個人意義）及獎賞和動機。
4. 前額葉皮層（prefrontal cortex）的發展有助協調決策、專注、計劃及複雜的心理活動。

5. 樹突修剪（dendritic pruning）及髓鞘化（myelination）讓前額葉皮層重新佈線。

6. 胼胝體白質（white matter）增生讓右腦與左腦之間的信息傳遞能力得到提升。

　　這些大腦的轉變對青年人的發展構成重大影響。第一，多巴胺的改變，會驅使青年人尋求新穎與冒險行為；第二，γ-氨基丁酸神經元及多巴胺系統的失調，與思覺失調、成癮、衝動控制障礙、專注力不足/過度活躍症息息相關。近年不少研究指出，大腦的轉變，會增加青年人的脆弱性，令青年人容易患上各種精神疾患。

　　此外，在青年人建立自我的過程中，自我覺察及不安全感會顯得愈來愈明顯[12]。而人際關係方面，年輕人會向同儕保持開放態度，但亦容易受到同儕的影響。這一切會對青年人構成一定的壓力，加上大腦的劇烈變化，讓青年人容易受到精神障礙的影響。在香港，近年出現的新冠肺炎疫情、旅遊限制、封城、社群關係轉變、移民、經濟及地緣政治不穩、氣候相關的災難，都令青年人感到吃不消，在青年人身上留下不可磨滅的烙印。

　　過去十年，不少國家（特別是西方國家）一直進行全國青年人口的精神健康聚焦研究；但在亞洲，採用統一精神健康疾病量度工具的青年精神健康研究卻寥寥可數。

　　基於上述原因，香港大學李嘉誠醫學院臨床醫學學院精神醫學系接受香港特別行政區政府食物及衛生局委託，並獲得醫療

衛生研究基金（MHS-P1 Part 2）資助，進行了一項名為「呢一代 Teen 青研究」的大型精神健康研究，而《100 個香港青年人的故事》便是以這研究作為藍本[1]。

「呢一代 Teen 青研究」以全港 15 至 24 歲青年住戶作為研究對象，希望透過這個研究計劃達致下列目標：

1. 評估 15 至 24 歲本地青年人的精神障礙發病率。
2. 檢視精神障礙對香港青年人的生活質素和執行功能的影響。
3. 辨識與精神障礙相關的風險因素和保護因素。
4. 檢視出現精神障礙的本地青年人，他們的求助和治療比率。
5. 評估青年精神障礙給個人和社會帶來的直接成本和間接成本。

隨着 2019 年至 2022 年出現的社會轉變及全球變化，研究計劃也加入了一系列新的研究目標：

6. 檢視一系列環境因素，其中包括個人的生活壓力源及人口水平的壓力源，對本地青年人的精神健康的影響。
7. 檢視不同階段的新冠肺炎疫情，與香港青年人口的精神障礙發病率的關係。

整個研究計劃在 2019 年 5 月至 2022 年 7 月期間成功走訪 3,340 位受訪者。研究針對青年人的不同範疇進行探索，其中包括：社會人口特徵（例如生活模式、精神診斷、精神健康狀況、生活功能及生活質素等）、風險因素及保護因素、性格特徵及病徵、個人心理因素、數碼化因素、環境因素、人口及個人層面的壓力等。

除了進行嚴謹的數據分析，我們也從 3,340 位受訪者中，挑選具代表性的 100 位，編寫這本《100 個香港青年人的故事》，希望讀者對參與研究的青年人有一個具體印象。

故事的挑選原則，並不在於反映統計數字，而是呈現青年人在生活中面對的各種典型狀況，呈現這一代青年人的精神面貌：

- 他們如何面對人生的各種挑戰？
- 他們如何抓緊人生的機遇？
- 他們如何迎難而上？
- 他們如何從精神困擾中走出來？

如果讀者想從量化角度了解香港青年人的精神健康問題，可以閱讀《呢一代 Teen 青研究報告》，或翻閱本文的參考資料部分。《100 個香港青年人的故事》的編撰目的，只是想透過故事，讓青年述說發生於他們身上的經歷。我們為每一個故事製作了相關的資訊圖表，讓讀者扼要地掌握一些具代表性的研究數據。如果讀者想對香港青年常見的一些精神障礙狀況進行深入的了解，可以參考團隊最近出版的《青年精神醫學》。

為了保障受訪者的個人私隱，我們對故事的具體細節進行適量的修改。我們盼望透過《100 個香港青年人的故事》，讓關心香港青年的讀者，對他們的生活實況加深了解，並鼓勵大家為年青一代的福祉共同努力。

參考文獻

1. Chen EYH, Wong SMY. (2023) Youth Mental Health in Hong Kong: Latest findings from the Hong Kong Youth Epidemiological Study of Mental Health (HK-YES) 2019–2022. Infolink Publishing Ltd.

2. Kessler RC, Berglund P, Demler O, Jin R, Merikangas KR, Walters EE. Lifetime prevalence and age-of-onset distributions of DSM-IV disorders in the National Comorbidity Survey Replication. Arch Gen Psychiatry. 2005 Jun 1;62(6):593-602.

3. Lim D, Lee WK, Park H. Disability-adjusted life years (DALYs) for mental and substance use disorders in the Korean Burden of Disease Study 2012. JKMS. 2016 Nov 1;31(Suppl 2):S191-9.

4. Vos T, Lim SS, Abbafati C, Abbas KM, Abbasi M, Abbasifard M, et al. Global burden of 369 diseases and injuries in 204 countries and territories, 1990–2019: a systematic analysis for the Global Burden of Disease Study 2019. Lancet. 2020 Oct 17;396 (10258):1204-22.

5. Knapp M, Ardino V, Brimblecombe N, Evans-Lacko S, Iemmi V, King D, et al. Youth mental health: new economic evidence. London: PSSRU. 2016 Jan.

6. Muir K, Powell A, Patulny R, Flaxman S, McDermott S, Oprea I, et al. Headspace evaluation report. Sydney: Social Policy Research Centre, UNSW. 2009 Nov 30.

7. Chen EY, Chan WS, Wong PW, Chan SS, Chan CL, Law YW, et al. Suicide in Hong Kong: a case-control psychological autopsy study. Psychol Med. 2006 Jun;36(6):815-25.

8. Wong SMY, Ip CH, Hui CLM, Suen YN, Wong CSM, Chang WC, et al. Prevalence and correlates of suicidal behaviours in a representative epidemiological youth sample in Hong Kong: the significance of suicide-related rumination, family functioning, and ongoing population-level stressors. Psychol Med. 2022 Jun:1-11.

9. Ho RW, Chang WC, Kwong VW, Lau ES, Chan GH, Jim OT, et al. Prediction of self-stigma in early psychosis: 3-year follow-up of the randomized-controlled trial on extended early intervention. Schizophr Res. 2018 May 1;195:463-8.

10. Arnett JJ. Emerging adulthood: The winding road from the late teens through the twenties. Oxford University Press; 2014 Aug 28.

11. Arnett JJ. Emerging adulthood: Understanding the new way of coming of age. Emerging adults in America: Coming of age in the 21st century. APA. 2006;:3–19.

100 位青年，
100 種生活，
100 個故事

思覺過敏　寂寞
運動量　手機成癮　抗逆力　社交焦慮
抑鬱
創傷後壓力症候群　家庭關係　反芻思考　困擾　自尊　飲食失調
神經質　衝動
睡眠問題　廣泛焦慮
朋友支持感

1

無眠的 Camila

Camila 是一個 24 歲的青年人，在一間非牟利機構任職，主要負責籌劃兒童活動。Camila 的性格衝動，亦容易粗心大意。此外，Camila 經常為着自己的過失而感到內疚，令她承受很大的心理壓力。

「我的思想比較負面，常常從壞的方向去想，難免時常感到沮喪。」Camila 向研究員說。Camila 的睡眠質素很差，每晚都不能深睡；雖然閉上雙眼，腦海仍不斷浮現自己犯錯的畫面。

「我只想思想停下來，卻找不到可以關掉腦袋的『開關掣』。」Camila 表示，她的壓力來源除了因為性格，也來自她的上司。「我的上司對我們要求很高，給同事帶來很大的心理負擔。上司雖然有一些很好的構想，可惜欠缺周詳的計劃，也忽略了計劃的可行性，根本難以執行，卻要我們緊緊跟隨。」

Camila 只好默默承受，Camila 不敢向上司反映，害怕上司會誤會她不思進取；這些無形的壓力令 Camila 常常感到焦慮，

加上她的婆婆突然離世，令她的壓力雪上加霜。

「我一向喜歡閱讀心理學書籍，偶然在書店讀到一本關於『躁狂症』的書，於是懷疑自己是否也患上『躁狂症』[1]？」「躁狂症」的一些症狀，例如精力充沛、很多説話、不停參加活動、毫無倦意等，與 Camila 近來的行為表現十分相似。

此外，同事也留意到 Camila 近來的轉變，Camila 彷彿變了另一個人，與之前的她大相徑庭。最後，Camila 主動向精神科醫生求診，並確診患上「躁狂症」。

「由患病至今已經有一年時間，我十分慶幸身邊同事的提醒；自我出事以後，他們亦願意分擔我的部分工作，希望我有朝一日可以重新振作起來。」

Camila 一向認為自己沒有朋友，身邊的人都不明白她；但經過這一年的起跌經歷，她發現同事原來十分關心她，只是不知如何表達。

「我一向不善社交，因此與人十分隔絕。經此一役，讓我明白他人的支持十分重要，情緒需要一些疏導的渠道。日後我會更加主動，嘗試多認識一些新朋友。」Camila 笑着説。

1　躁狂症是情緒障礙的一種，主要症狀是情緒過度高漲，其他病微包括：容易分心，對睡眠的需要減少，判斷力差，脾氣控制差，做出魯莽的行為，缺乏自我控制，思想混亂，非常積極地參與活動等。

經此一役，讓我明白他人的支持十分重要，
情緒需要一些疏導的渠道。

——Camila

抑鬱

家庭關係

運動量

反芻思考

思覺過敏

困擾

飲食失調

衝動

自尊

社交焦慮

睡眠問題

廣泛焦慮

寂寞

神經質

創傷後壓力症候群

抗逆力

手機成癮

朋友支持感

2

春風吹又生

欣妍是一位嚴重缺乏自信的女生，她的性格非常敏感，很在意別人的目光，更常常因為別人的說話而出現情緒波動。

欣妍說：「剛進入大學第一年，由於面對突如其來的轉變，感覺十分徬徨；要適應新事物和新的人際關係，帶給我不少壓力。大學的環境與中學的環境十分不同，大學要求同學更加主動。我的性格比較內向，很難融入大學的群體生活。」

猶幸在大學的迎新營，欣妍認識了一位男朋友，很快便墮入愛河，這段關係帶給欣妍不少快樂和安慰。

但欣妍有一個缺點，就是不善於表達自己的內心感受。當感受積存內心太久，便容易鬧情緒。有時欣妍會相當情緒化，更會不時因小事跟男朋友吵架。這段關係很快走到盡頭。當男朋友向欣妍提出分手，欣妍便崩潰了。

「那一刻，我感覺自己的人生再沒希望，覺得自己一文不

值，內心只有空虛和黑暗。」這種負面思想一直纏繞着她，在整整一年，她沒有胃口，經常失眠，每天都處於一種壓抑的狀態。

欣妍說：「那一年是我人生最低沉的時期。」欣妍更坦然承認，那時候她曾想過自殺；但慶幸獲得幾個閨密的支持，才勉強捱過那段苦日子。

事過境遷，欣妍漸漸發現：「人生的價值並不一定要投放於愛情，一個人也可以展現生命光彩。」欣妍向研究員表示，她十分享受現在的單身生活，並不急於再次談戀愛。欣妍從沒有想到，拐一彎，春風吹又生。

人生的價值並不一定要投放於愛情，一個人也可以展現生命光彩。

——欣妍

睡眠問題 ☾

創傷後壓力症候群

朋友支持感

自尊 衝動 寂寞 社交焦慮 家庭關係

思覺過敏

運動量 困擾

飲食失調 抑

廣泛焦慮 神經質

反芻思考 鬱

☼ 抗逆力

手機成癮

3

丹丹有心事

丹丹在內地長大，她很努力讀書，最終不負家人期望，完成大學本科課程，並考獲不錯的成績。

丹丹的性格十分隨和，常常為別人設想，對父母亦十分孝順。她對研究員說：「我希望透過學業成績及工作成就，回報我的家人。」兩年前，丹丹終於如願以償，考進香港一所大學研究院。

丹丹給自己訂下很高的目標。「我會主動約見教授，詢問論文的研究方向，而且不錯過任何學習新知識的機會。」但過去半年，丹丹的心情卻變得很差，經常鬱鬱寡歡，更漸漸失去學習的動力。

丹丹表示：「初時以為與疫情有關，加上在香港受到一些不禮貌的對待，我的廣東話夾雜內地口音，曾遇上一些香港人，他們對我的口音報以不悅的神色；我把這些委屈都藏於心裏，不讓家人知道。」

後來，丹丹的身體出現了一些奇怪的症狀。丹丹有時會感到胸口悶痛，出現呼吸困難，內心更有種撕裂的感覺。每次出現這種情況，丹丹都會到急症室求診；但醫生卻從丹丹身上找不到任何身體問題，最後只是給她一些放鬆肌肉的藥物，便打發她回家。

但其中有位醫生卻提醒丹丹，壓力問題會對身體產生影響。醫生的說話對丹丹如當頭棒喝，驅使她主動約見大學的輔導員，這時丹丹才發現，她的身體症狀竟然與「驚恐症」[2]的症狀十分相似。「突如其來的強烈恐懼，呼吸困難，身體繃緊，這些都屬於『驚恐症』的症狀；輔導員建議我多認識新朋友，這有助減低對家人的思念，更可以提供情緒的出口。」

經過半年的休息，加上運動與呼吸練習，丹丹的身體狀況出現明顯好轉。此外，丹丹向教授申請延遲遞交論文，亦獲得教授的接納和支持。最後，丹丹向研究員說：「經過這次大病，讓我明白身與心原來互為影響，長期的鬱結也會引致身體出現毛病。」

在休養的日子，丹丹積極參加大學宿舍舉辦的消閒活動，例如行山與音樂欣賞，努力擴闊自己的社交圈子。

2　驚恐症是焦慮症的一種，症狀是在沒有引發原因下，重複出現突如其來的「驚恐突襲」，其他病徵包括：心跳加快，呼吸急速，心胸翳悶等。

經過這次大病，讓我明白身與心原來互為影
響，長期的鬱結也會引致身體出現毛病。

——丹丹

廣泛焦慮

考

思

反芻

抑鬱

家庭關係

運動量

自尊困擾

神經質

朋友支持感

抗逆力

社交焦慮

睡眠問題

創傷後壓力症候群

飲食失調

手機成癮

寂寞

思覺過敏

衝動

4

夢想與現實之間

柏康從小便喜歡小孩，志願是成為一名幼稚園教師；柏康對孩子很有愛心，他願意將自己的青春奉獻給孩子。

柏康向研究員說：「與小孩子相處，可以令我感到放鬆；孩子改變了我的人生觀，令我對生命變得積極和樂觀。」雖然家人反對，但柏康仍忠於自己的夢想，當上幼稚園教師。

在幼稚園，柏康除了要照顧小孩，更要跟同事建立合作關係。日常工作中，柏康一方面要完成上司交託的任務，另一方面更要處理家長的投訴和查詢。

隨着入職的時間愈久，上司對柏康的要求便愈來愈高。有一次，柏康一時大意，忘記跟進一位學生的進度表，便在辦公室被主任痛斥；門外的家長對兩人的對話聽得一清二楚，讓柏康感到非常難堪。

經過半年的工作蜜月期，隨着上司的不滿增加，柏康開始

懷疑自己的工作能力。他漸漸害怕上班，每當想到明早要上班，便不能入睡。當柏康跟女朋友分享工作的壓力，女友的回應卻是：「哪一個香港人沒有工作壓力？你有壓力，我有壓力；堂堂男子漢，別那麼玻璃心！」

自此以後，柏康便不敢再在女朋友面前抱怨，只是把心事藏於心內；但不抱怨不等於問題已經解決，柏康發覺自己的情緒變得愈來愈差，更漸漸失去工作的動力。這情況維持了兩個多月，在女朋友陪伴下，柏康求見私家精神科醫生，最後確診患上抑鬱症[3]。

柏康按照醫生的吩咐，定時服藥；經過一年的藥物治療，柏康的病情逐漸好轉。柏康亦接受了心理輔導，「自從接受輔導之後，我更懂得與自己的情緒相處，並且願意向身邊人分享自己的情緒狀況。」

接近訪談尾聲，柏康向研究員表示：「教導孩子仍然是我的夢想，但我會學習放慢腳步，遇到壓力時，更會與上司溝通和協商。」柏康更告訴研究員一個好消息，自從患病以後，女朋友對他的接納和支持增多，可說因禍得福。

3　抑鬱症是情緒障礙的一種，大致可分為輕鬱症與重鬱症。重鬱症的病徵包括：感覺持續的悲傷或絕望，並對正常活動失去興趣，情況持續最少兩星期。輕鬱症的病徵則包括：持續出現低度及慢性抑鬱，情緒過敏，情況持續最少兩年。

自從接受輔導之後，我更懂得與自己的情緒相處，並且願意向身邊人分享自己的情緒狀況。

—— 柏康

社交焦慮

抗逆力 自尊 衝動 神經質

手機成癮 寂寞 飲食失調

朋友支持感

思覺過敏 反芻思考 困擾 睡眠問題 廣泛焦慮

家庭關係 運動量 抑鬱

創傷後壓力症候群

5

完美的女孩

Isabella 從小已經是一個孝順的女兒，一直對父母千依百順。Isabella 的學業成績不錯，可說品學兼優。Isabella 非常懂事和有禮貌，亦十分疼愛小動物，她經常到公園餵飼小貓和小狗，深得街坊的讚賞。

在學校，Isabella 積極參與各項課外活動；Isabella 不但是班長，更是學生會會長。在老師眼中，Isabella 是一位努力和富責任感的學生。Isabella 幾乎得到大部分老師和同學的信任和認同。在別人眼中，Isabella 幾乎是一個完美的女孩。

原來 Isabella 也有另一面，Isabella 的家庭背景頗複雜，父親長期患病，母親獨力負擔家庭的經濟。Isabella 除了要照顧患病的父親，更要到附近的快餐店兼職，幫補家計。Isabella 有時會工作至深宵，但為了爭取理想的學業成績，她會堅持溫習至早上四時，弄至身心俱疲。

Isabella 用意志撐起所有角色與責任。就在 Isabella 讀中六的

那年，香港發生了一連串社會事件，令 Isabella 頓時感到前路茫茫；在家庭與學業雙重壓力下，社會運動成為壓毀她的最後一根稻草。Isabella 突然出現了嚴重的焦慮和抑鬱症狀，需要停學半年。

Isabella 向研究員説：「過去半年，我彷彿發現了另一個自己，一個陌生的自己；原來人的性格可以有很多面，有積極的一面，也有灰暗的一面。過去的我，全憑意志支撐起自己的人生，但壓力不斷累積，到了臨界點，便會整個人崩塌。」

但 Isabella 補充説：「這樣也好，讓我重新認識自己，原來我並不是老師和同學眼中所謂的『完美女孩』，我也有軟弱的一面，亦有能力上的限制。這次打擊讓我重新發現自己，一個脫下光環的自己；當然我有時會不習慣沒有光環的日子，但我正慢慢學習接受，辨別哪個才是真實的我。」

困擾
飲食失調
創傷後壓力症候群
反芻思考
手機成癮
神經質
抑鬱
社交焦慮
廣泛焦慮
朋友支持感
寂寞
衝動
自尊
運動量
家庭關係
睡眠問題
抗逆力
思覺過敏

6

我的名字叫 Brave

Brave 是一名尼泊爾學生，在香港土生土長，Brave 在職業訓練局的一間分校上課，閒時做兼職維持生計。他的原名不是叫 Brave，他選擇 Brave 這名字，是因為他的同事告訴他，這名字容易被身邊人記起。

Brave 的父親是一個重視傳統文化的尼泊爾人，他常常勸 Brave 要重視和持守尼泊爾文化的價值觀；父親亦建議 Brave 多參加尼泊爾人在香港社區舉辦的團體活動，多了解尼泊爾人的傳統文化。

要在社交、工作和學業上取得平衡，對 Brave 來說並不容易，這帶給 Brave 不少壓力。由於要依靠兼職賺取生活費，Brave 並沒有太多時間專注於學業，更屢次考試不合格，令他因此感到焦慮和沮喪。

Brave 向研究員表示：「作為尼泊爾人，我們通常不會隨便向別人談論自己的情緒；在我們的文化中，表達情緒被認為是弱

者的表現。」

Brave 始終認為:「社會上每個人都有自己的問題,這是人之常情,只要捱過,情況便會好轉。」

最近,同學送 Brave 一個二手滑板,並邀請 Brave 與他一起玩滑板;Brave 起初很猶豫,因為擔心這會佔用學習時間,但最後他還是鼓起勇氣嘗試一下,並很快愛上這玩意。

Brave 說:「玩滑板可以舒緩我的焦慮情緒,並且讓我與同學更加熟絡。」Brave 對未來並沒有明確的計劃,但 Brave 表示:「我有興趣幫助像我一樣在生活中充滿掙扎的尼泊爾青年。」

他向研究員說:「我想利用滑板去接觸青年人,鞏固他們的自信心。」

Brave 不打算回尼泊爾,因為他認為香港才是他的家。「我寧願在香港生活,也不會在一個我不熟悉的國家打滾。」Brave 面帶笑容向研究員說。

玩滑板可以舒緩我的焦慮情緒，並且讓我與
同學更加熟絡。

—— Brave

思覺過敏

寂寞

朋友支持感

抗逆力

廣泛焦慮

手機成癮

自尊

運動量

抑鬱

家庭關係

飲食失調

困擾

社交焦慮

衝動

創傷後壓力症候群

睡眠問題

神經質

反芻思考

7

Jack 的天空

Jack 是一個 18 歲的青年人，他與研究員會面時，便劈頭一句：「從小到大，我都是在叛逆中成長。」

原來 Jack 年幼時是一個重達 200 磅的小孩，因為身形的緣故，他常常被同學取笑，面對同學的欺凌，令 Jack 變得十分自卑，他常常沉默寡言，並且難以信任別人。「我希望有一天，那些欺負過我的人，會明白自己的過錯。」

當研究員問 Jack 是甚麼形式的欺凌，Jack 表示：「是語言上的攻擊，但我已經習慣了。」Jack 接續談及一次受同學欺凌的經歷，「有一次，同學故意剪破我的校服，嘲笑我因肥胖，所以衣服破裂；但班上沒有同學為我抱不平，不少人更加入欺凌的行列，一起嘲笑我。」

從中一開始，Jack 便常常缺課，最初是一星期缺課一天，但後來情況卻愈來愈嚴重，有時整個星期都逃課。媽媽開始擔心 Jack 的情況，便問他：「是甚麼事情不開心？和同學吵架嗎？」

但 Jack 沒有回答，只是繼續埋首打機。Jack 的媽媽開始感到不安，更懷疑 Jack 是否患上精神病。

「我的媽媽在網上瀏覽到一則有關『隱蔽青年』的資訊，便主動聯絡學校社工，社工於是聯絡我了解情況。」經過社工一年多的努力，Jack 終於走出隱蔽生活。Jack 的班主任知道 Jack 對打鼓有興趣，更鼓勵他發展打鼓成為職業。

「今天的我，已經是一間青年中心的鼓手導師。」Jack 驕傲地說。「其實香港有不少像我一樣的『隱蔽青年』，要他們走出困境實在不容易；幸好老師與社工給我鼓勵，讓我最終找到自己的興趣，才可以重新與社會接軌。」

Jack 經常以自己的經歷鼓勵青年中心的青年人：「天生我材必有用，每個人頭上總有一片天！」

反芻思考

廣泛焦慮

寂寞

抗逆力

運動量

家庭關係

創傷後壓力症候群

神經質

手機成癮

自尊

思覺過敏

衝動

抑

社交焦慮

鬱

困擾

朋友支持感

飲食失調

睡眠問題

8

曉琳的舞台

曉琳 8 歲前於內地居住，來港那一年，剛巧父母離婚，曉琳自此便與父親相依為命。父親對曉琳的管教很嚴，經常施以體罰和責罵曉琳。

曉琳雖然能夠聽和說廣東話，但濃烈的鄉音始終讓她成為同學的笑柄。在小學期間，曉琳經常遭到同學歧視，同學不但在背後嘲笑她的鄉音，更把她的手機藏在老師的桌下捉弄她，警告她不要為這件「小事」向老師告狀。

升上初中後，曉琳曾有過一段快樂的時光，當時曉琳認識了一位不介意她內地背景的好友，無奈後來這位好朋友因情緒問題而離校，其後曉琳便難以與其他人建立關係。曉琳對研究員說：「那時的我，很怕與人接觸，我經常都是一個人吃飯，小息也是一個人度過。」

有一次，曉琳因為欠交功課而遭老師責罵，「那一刻，我的身體突然僵直，腦海一片空白，好像失去知覺似的；老師見狀亦

嚇傻了眼,便隨即將我送入醫院,最後我更要接受精神科的治療。」這件事以後,曉琳經常出現胃酸倒流和嘔吐,也時常感到腹部脹痛,晚上睡覺時更會出現一些關於忘記攜帶東西的夢境。

「夢中醒來時,我會滿頭大汗,感到呼吸困難,情況持續大半年。」2020 年新冠肺炎疫情爆發,曉琳的家人提議她回內地生活,這讓曉琳感到十分懊惱,作不了決定。曉琳對研究員說:「那時的我,十分擔心自己能否適應內地的生活?是否能承受生活再一次出現重大轉變?」

最後曉琳選擇留在香港。復課後,曉琳積極參加課外活動,更在國語朗誦比賽中脫穎而出。「在準備朗誦比賽的過程裏,我重拾那種久違了的自信和控制感,並且十分享受抑揚頓挫的朗誦演出。想不到原來我的『口音』是一種化妝的祝福,以前讓我感到羞恥的東西,現在卻成為了別人欣賞的東西,這是我始料不及的。」

要在香港這個不熟悉的地方生活,曉琳有時仍會感到孤獨,思考是否應該回內地與父親團聚;但她總算找到屬於自己的小舞台,不再是別人眼中的「內地女子」。

想不到原來我的「口音」是一種化妝的祝福，以前讓我感到羞恥的東西，現在卻成為了別人欣賞的東西，這是我始料不及的。

—— 曉琳

運動量

抗逆力　神經質

廣泛焦慮　朋友支持感

反芻思考

創傷後壓力症候群

寂寞

思覺過敏

飲食失調　自尊

衝動

家庭關係

抑鬱　睡眠問題

困擾

社交焦慮

手機成癮

9

負傷的治療者

Evelyn 是一名應屆中學文憑試考生，自小成績優異。Evelyn 生長在一個典型的小康之家，生活富足。她的家有四個兄弟姊妹，家人亦相處融洽。父母給予 Evelyn 很大的自由度，讓她發揮所長。在這樣的家庭長大，Evelyn 小五便考獲六級鋼琴，中學更成功升上一間傳統中學名校。

可惜的是，四年前 Evelyn 的父親突然患上癌症，令 Evelyn 的心情大受打擊，更患上抑鬱症與焦慮症 [4]。Evelyn 向研究員表示：「一向事事如意的我，人生中第一次遇上不能控制的事情；那時的我，每晚哭成淚人，更因為擔心父親的病況，學業成績一落千丈。」最後，Evelyn 的爸爸不敵病魔離世，當時的 Evelyn 只有 16 歲。

受到父親離世一事打擊，Evelyn 的情緒變得非常低落，更在中學文憑試大失水準，她開始了吸食大麻的習慣。「我明明知道那些是毒品，卻不停地吸；可能出於自毀心態，也可能受到朋

友慈恩,或許我想藉大麻逃避千瘡百孔的人生。」

感到絕望時,Evelyn 更企圖結束自己的生命;但想到自己死後,家裏的愛犬沒人照顧,Evelyn 便打消了自殺的念頭。其後 Evelyn 開始接受社工的輔導。在社工的協助下,Evelyn 明白到人生很多事情不在自己掌握之內;只要曾經努力,便要原諒自己。

Evelyn 向研究員表示:「經歷了這一連串壓力事件,也經過情緒病的洗禮,我終於找到自己的人生方向。」是甚麼人生方向?就是日後成為一名「負傷的治療者」,這是 Evelyn 對生命許下的承諾。

4　焦慮症是焦慮障礙的統稱,可以細分:廣泛性焦慮症、驚恐症、廣場恐懼症、社交焦慮症及特殊恐懼症。較常見的焦慮症是廣泛性焦慮症和社交焦慮症。廣泛性焦慮症的病徵包括:過度焦慮,大部分日子對多個事件或多項活動感到擔心,情況持續最少半年。社交焦慮症的病徵則包括:對一種或以上社交處境出現明顯恐懼。

經歷了這一連串壓力事件，也經過情緒病的
洗禮，我終於找到自己的人生方向。

—— Evelyn

反芻思考

抑鬱 寂寞 朋友支持感

抗逆力

手機成癮 社交焦慮

家庭關係

創傷後壓力症候群 衝動

自尊 神經質 運動 質量 睡眠問題

困擾 廣泛焦慮

飲食失調

思覺過敏

10

家暴陰霾

Henry 在一個破碎家庭長大，當 Henry 還是小孩的時候，父母已經離婚；其後 Henry 在寄養家庭暫住，過着寄人籬下的生活。直至踏入青春期，才與親生母親重聚。回家的第一年，有一次 Henry 不小心打碎了客廳裏的花瓶，母親的男朋友便痛罵他，更對他動粗。

這種家暴經常發生，帶給 Henry 很大的傷害。Henry 對研究員說：「那時的我，並不懂得這叫『家暴』，但最令我最難堪的是，媽媽竟然袖手旁觀。有時我會用雙手叉着自己的頸，打自己的頭，這些行為能夠帶給我一些發洩的感覺。」

及至 Henry 長大之後，媽媽的男朋友才停止了向他行使暴力。長大後的 Henry，始終有一個習慣，就是在枕頭下放一個十字架，希望天主保護他。Henry 向研究員表示，他的內心其實十分矛盾，「我一方面十分討厭母親的男朋友，但另一方面又害怕母親兩面不是人；我十分體諒母親的處境，她白天要工作，晚上又要為我與她的男朋友緊張的關係而操心。」

　　最近 Henry 結識了一位女朋友，總算有個傾訴的對象；女朋友比他大四歲，女朋友鼓勵他尋求專業協助，希望透過外界的幫助，讓 Henry 從家暴陰霾中走出來。

有時我會用雙手叉着自己的頸，打自己的頭，這些行為能夠帶給我一些發洩的感覺。

—— Henry

睡眠問題 廣泛焦慮 家庭關係 自尊 運動量 抗逆力 困擾 手機成癮 思覺過敏

寂寞 社交焦慮 抑鬱 神經質

創傷後壓力症候群 反芻思考 衝動 飲食失調

朋友支持感

11

外界生物

　　惠美從小被診斷患有自閉症，也患有智力障礙。惠美一直以來都害怕與外界接觸，彷彿世上沒有人可以理解她。當家人知道惠美患有自閉症[5]和智力障礙[6]，他們從沒嫌棄惠美，並不斷鼓勵惠美與外界多接觸。

　　經過多年的治療及家人的循循善誘，惠美已經和普通人一樣，可以入讀傳統的小學和中學。惠美在學校裏認識了很多新朋友，並改變了她孤獨的脾性，其中兩位更成為了她的摯友。她們彼此支持，互相幫助，讓惠美度過了美好的中學時光。

　　可惜好景不常，當惠美進入大專後，父母的關係出現緊張，經常發生爭執，家庭氣氛令惠美感到煩躁不安，惠美又頓時變回一個沉默寡言的女孩，成績更一落千丈。

　　就在這時候，惠美發現自己擁有一種「超能力」。惠美向研究員說：「在那段日子，我可以與外界生物進行心靈感應，我可以和這些生物談天說地，雖然有些生物令我感到憤怒和悲哀，但

也有一些好的生物可以保護我、安慰我。」

精神科醫生認為惠美出現這種「心靈感應」並不尋常，懷疑她出現了思覺失調[7]的早期症狀。「服用精神科藥物後，我這種『超能力』消失了，雖然有些『外界生物』間中仍會到訪，但我可以憑着意志，將現實世界和心靈感應世界分開。」惠美對研究員說。

往後幾年，惠美雙親的關係改善，且願意花更多時間關心和照顧惠美，惠美的精神困擾才得到進一步改善。現在的惠美，可以跟其他人一樣，只專注於現實世界，遠離她口中的「外界生物」。

今天的惠美仍有服食精神科藥物，並透過藥物控制思覺失調的症狀。

5　自閉症，全名自閉症譜系障礙，是一種神經發展障礙，病徵包括：在相互社交溝通上，呈現持續缺損，並出現限制性、重複性的行為、興趣或活動等。

6　智力障礙也是一種神經發展障礙，病徵包括：在概念、社交及實踐領域，出現智能與適應上的功能缺損。

7　思覺失調是一種嚴重的精神病狀況，病徵是出現幻覺、幻聽與妄想，病人測試真實的能力受損，並且出現精神運動性障礙，亦缺乏洞察力。

服用精神科藥物後，我這種「超能力」消失了，雖然有些「外界生物」間中仍會到訪，但我可以憑着意志，將現實世界和心靈感應世界分開。

—— 惠美

神經質

抗逆力

衝動

手機成癮

創傷後壓力症候群

朋友支持感

困擾

睡眠問題

廣泛焦慮

家庭關係

運動量

飲食失調

思覺過敏

反芻思考

抑鬱

寂寞　社交焦慮　自尊

12

阿 Mook 的噩夢

阿 Mook 從小性格文靜內向，最大的嗜好就是獨自看書。由於母親過分呵護，令阿 Mook 的性格變得退縮。當需要向新朋友介紹自己時，阿 Mook 會滿臉通紅，害怕得很。

中四時，阿 Mook 如願以償，被分派到文科班；但班上有數名男生莫名奇妙地針對他，經常取笑他是書呆子。他們的欺凌行為後來更變本加厲，不但以身體碰撞他，更搶去他的零用錢。

阿 Mook 開始抗拒上學，經常把自己關在家中，不願踏出家門半步。及後阿 Mook 變得容易緊張，對外界反應非常敏感，常常懷疑身邊人取笑和談論他。在阿 Mook 的腦海，更經常出現一把聲音，對他說：「你是一個失敗者！」這把聲音不停指責他，令他無法集中精神投入學習。

阿 Mook 向研究員解釋：「那把聲音非常刺耳，就好像利器劃過玻璃產生的尖銳噪音；其後我的父母帶我去見精神科醫生，並證實我患上思覺失調，醫生說這是思覺失調的早期症狀。」

透過藥物及心理治療，阿 Mook 的情況逐漸好轉，生活各方面都重回正軌。但有一次，當阿 Mook 和家人外出時，卻又遇上那群欺凌者，雖然雙方距離甚遠，但強烈的恐懼已經湧上阿 Mook 心頭。「我頓時感到呼吸困難，渾身顫抖，情緒很久未能回復正常。」

停學一年後，阿 Mook 終於重返校園。「隨着那群欺凌者相繼畢業，我終於能擺脫那個噩夢，漸漸享受校園生活。」

家庭關係

廣泛焦慮

思覺過敏

手機成癮

衝動

抑

動

鬱

困

擾

社交焦慮

反芻思考

神經質

抗逆力

寂

寞

自

尊

朋友支持感

飲食失調

運動量

創傷後壓力症候群

睡眠問題

13

高低起伏的人生

子軒小時候是一個十分頑皮的小孩，在家沒有一刻能安靜下來；上學時經常在課室四處奔跑，有時思緒更會隨幻想飄走。

「小時候，經常有十萬個新奇有趣的主意不停在我的腦海穿梭。腦海更會湧出不知從何而來的動力，總是推動我嘗試不同的事情。腦袋更會湧出源源不絕的說話，我會忍不住把它說出來。」

由於無法專心上課，子軒的學業成績落後於大多數同學；子軒的父母於是帶子軒去看精神科醫生，才知道子軒患有「注意力不足/過度活躍症」[8]。醫生給子軒處方了一些精神科藥物，但情況依然沒有好轉。

「升上中學後，我的情緒更變得有如坐過山車，時而高漲時而低落；後來再到訪精神科醫生，才知道自己患上『躁鬱症』[9]，醫生給我處方一些治療『躁鬱症』的藥物。」

情緒高漲時，子軒會不斷騷擾家人和朋友，當身邊人問他為甚麼這樣亢奮，他卻答不出究竟；但這情況很快走向另一個極端，他會變得情緒異常低落。情緒非常低落時，他會做出自殘[10]的行為，向自己的手割下去，嘗試尋求解脫。

有一次，子軒的情緒問題到達臨界點，他奔上學校天台，坐在欄杆上，並準備結束自己的生命，幸好及時給老師發現，並替他報警。子軒其後被送到醫院，在精神科病房住了一星期。

經醫生審視後，決定給子軒加藥；經過持續一年的藥物治療，子軒的病況總算受到控制。回望過去一段情緒混亂的日子，子軒對研究員說：「縱然偶爾仍會出現情緒波動，但我不會再做出一些自毀行為。」

告別了高低起伏的日子，子軒進入了人生一個新階段。

8　注意力不足/過度活躍症是一種神經發展障礙，注意力不足/過度活躍症對患者的情感、運動、社交及語言功能產生影響，主要病徵包括：不能專心、衝動與過動等。

9　躁鬱症是情緒障礙的一種，大致分為一型躁鬱症和二型躁鬱症。一型躁鬱症的病徵包括：間中抑鬱，間中狂躁，兩者交替出現。而二型躁鬱症的病徵則包括：間中抑鬱，並間歇性出現輕狂躁。

10　自殘是指個體刻意對自己的生命或身體造成傷害，例如割腕、打自己、捏自己、咬自己、燒傷、抓傷、防止傷口癒合、過量服藥或把自己置於危險處境。

縱然偶爾仍會出現情緒波動，但我不會再做
出一些自毀行為。

—— 子軒

手機成癮

廣泛焦慮

朋友支持感

飲食失調

自尊

思覺過敏

困擾 寂寞 抑鬱

社交焦慮

神經質

睡眠問題

家庭關係 抗逆力 創傷後壓力症候群 運動量 衝動

反芻思考

14

雨桐的驚恐

雨桐是一個 15 歲的新移民，她三年前移居香港，在香港某間中學讀書。雖然小時候的她，曾到訪香港；但這一次，她是移居這裏，心情難免忐忑不安。

雨桐對研究員說：「我擔心環境上的適應，更擔心是否能適應一個人的生活模式？我是否能結識新朋友？我的學業成績會怎樣？」

曾在內地生活的雨桐，是同學眼中的可人兒；雨桐與同學相處融合，她積極參加課外活動，很多老師都以她為榮。

雨桐初來香港的時候，因為廣東話不太流利，所以難以融入香港的生活，感覺與本地人格格不入。「上課碰上不明白的內容，我也不敢舉手發問；一方面擔心自己的鄉音會被同學取笑，但更害怕同學看輕自己。」

原本打算在香港創一番新天地的雨桐，到了香港卻處處碰

壁，成績更一落千丈，且出現了驚恐症的症狀。「有幾次在回校的路上，我突然感到十分驚恐，不但心跳加速，更手心冒汗，頓時感到呼吸困難，好像窒息一樣。」班主任於是鼓勵她找學校社工傾談。

「起初我對老師的建議十分抗拒。在內地，只有一些『不正常』的人才會找社工；但經老師再三鼓勵，我終於鼓起勇氣與學校社工會面。與社工傾談後，我感到心情無比舒暢，好像放下心頭大石。」

社工更鼓勵雨桐把心中的感覺和看法用日記記下；雨桐的驚恐症及後再沒有出現。

有時只要有人扶一把，便有勇氣繼續走下去，雨桐便是最好的例證。

有幾次在回校的路上，我突然感到十分驚
恐，不但心跳加速，更手心冒汗，頓時感到
呼吸困難，好像窒息一樣。

—— 雨桐

睡眠問題

廣泛焦慮　困擾　　創傷後壓力症候群

飲食失調 👀　　反手思覺過敏
　　　　　　　　芻機衝抑
神經質 社交焦慮　思成動鬱　自尊抗逆力

寂寞
😊家庭關係　　運動量

朋友支持感☀️

15

天曉得

在中三的時候，Luna 的父母便已經離婚，Luna 經常在家裏目睹父母出現肢體衝突，這些事件一直在 Luna 的心裏留下陰影。當 Luna 向研究員談到自己的童年往事，竟然忍不住哭起來。

「小時候的我，是一個樂觀活潑的孩子，家人關係亦十分融洽，但這一切卻在我讀中學時完全改變。」事緣是 Luna 的父親有了外遇，Luna 的父母便經常因此而吵架，Luna 的性格亦漸漸由活潑開朗變成內向和孤僻。

就在 Luna 讀中三的時候，父母終於協議離婚，Luna 跟母親同住。在 Luna 讀中五的時候，她的母親竟然向她說：「你的爸爸已經多月沒有付贍養費，我實在捱不下去。」因為經濟困難，Luna 被迫輟學，並嘗試不同的工種，最後在一間餐廳任職侍應。Luna 的童年夢想是當時裝設計師，但現在為了餬口，只好告別兒時夢想。

後來，Luna 在工作的餐廳認識了一個非常支持她的男朋友，為她鬱悶的內心開了一個天窗。

最後，當研究員與 Luna 談到當時裝設計師的夢想，Luna 只是張開了雙臂，用身體畫了一個很大的問號，然後説：「天曉得！」

小時候的我，是一個樂觀活潑的孩子，家人
關係亦十分融洽，但這一切卻在我讀中學時
完全改變。

—— Luna

家庭關係 自尊
手機成癮 抗逆力
衝動 運動量

朋友支持感
創傷後壓力症候群
飲食失調

神經質

睡眠問題

抑

鬱

廣泛焦慮

社交焦慮

反芻思考

思覺

寂寞困

過敏

寞擾

16

情緒幽谷

Chloe 的性格十分內向，只有一兩個談得來的知心好友。父母對 Chloe 的要求十分高，希望她生活各方面都表現出色，卻形成了 Chloe 經常自我批評的性格。Chloe 向研究員說：「不論大小事情，一旦出錯，我都會生起一些負面想法，在腦海中縈繞不去。」

Chloe 自小便是學校的優才生，升上中學後，她更積極參與校內各項課外活動；由於分身不暇，於是漸漸養成了熬夜和灌咖啡的習慣。升上大學後，她除了要兼顧學業和課外活動，更開始兼職。由於過於操勞，令 Chloe 的失眠問題變得愈來愈嚴重，其後更出現了抑鬱和焦慮症狀。

Chloe 向研究員表示：「剛出現情緒問題時，我以為這是很小問題，因此不覺得需要向外尋求協助，更沒有留意到自己的不健康生活習慣對情緒的影響；後來，我一位認識很久、很要好的朋友因健康問題而自殺，令我的情緒瀕臨崩潰。」好朋友的過

身，成為壓垮駱駝上最後一根稻草，令 Chloe 情緒頓時失控，更出現自殘和自殺的傾向。

「在那段日子，我的腦海不停浮現一些負面想法，例如『我不值得被愛』、『我沒有價值』等，我更用鎅刀傷害自己，不能自控。」最後，Chloe 被送入醫院，接受精神科的住院治療，經過半年的藥物治療，Chloe 的情況終於穩定下來，並逐漸離開那段黑暗的日子。

Chloe 向研究員表示：「如今，我的腦海偶爾仍會閃出一些負面想法，但次數已經大為減少；經過半年來的身心交戰，讓我明白到生活平衡的重要。」

Chloe 向研究員展示手臂上留下的一條鎅痕。「這是情況最壞的時候留下的。」

研究員只感到觸目驚心。

思覺過敏 神經質 運動量 睡眠問題 反芻思考

社家飲 抑鬱 自尊

交庭食 抗逆力

焦關失 朋友支持感

慮係調 手機成癮

衝動

廣泛焦慮 寂寞

創傷後壓力症候群

17

心事重重的梓英

梓英是一位 15 歲的少女，就讀中三。梓英給研究員的印象，是她腼腆內向的性格，梓英回答問題時總是輕聲細語，而且說話不多，好像永遠心事重重似的。

梓英升中二時才移居香港，一直不太適應香港的學習環境。由於梓英就讀的中學全用英語授課，與內地中文授課大相徑庭，她完全聽不懂老師在堂上的授課內容。

梓英的家庭背景頗複雜，父母在她小時候離異，梓英現時跟爸爸、姊姊和兩個妹妹同住，家中還有繼母和同父異母的弟弟。自梓英有記憶以來，她跟家人相處的片段，大部分都是負面的。

梓英表示：「11 歲那年，家中發生了一次嚴重的爭執，令我一度萌生自殺的念頭。」她接續說：「如果那天我真的死了，便不用每天看到父母在吵架，並承受這些痛楚。」

其後梓英更出現了一些抑鬱及焦慮的症狀。梓英說:「我有時會一整天沒有動力,腦海不斷盤旋着家人爭吵的畫面;當壓力無法宣洩,我便會忍不住痛哭。」

當梓英升上中三,她的學業壓力亦大大增加。此外,梓英亦遭到同學的欺凌,令她變得愈來愈缺乏自信。可惜的是,梓英可以傾訴的對象卻少之又少,她只好把心事藏在心裏,一個人默默承受。跟研究員談起與家人的相處,梓英都欲言又止;經研究員多番引導,梓英才坦然承認,她曾遭一位信任的人性騷擾,但梓英沒有表明騷擾她的人是誰。

研究員只好給梓英一些性侵犯的求助資訊,並鼓勵她有需要時向專業人員尋求協助。

我有時會一整天沒有動力，腦海不斷盤旋着
家人爭吵的畫面；當壓力無法宣洩，我便會
忍不住痛哭。

—— 梓英

自尊
廣泛焦慮
社交焦慮
抗
飲食失調
創傷後壓力症候群
反芻思考
逆
衝
神經質
力
動
寂寞
家庭關係
困擾
朋友支持感
思覺過敏
手機成癮 運動量
睡眠問題
抑鬱

18

社工夢

「很多人說我的性格十分隨和，可以與身邊人無所不談。」可能因為這種性格，令 Sofia 選擇修讀社工。「我希望將來在社工行業，幫助一些有需要的人。」

但開學不久，Sofia 卻發現夢想與現實有一段距離；社會工作這學科功課十分忙，一浪接一浪的專題研究及小組報告，令她透不過氣，助人的熱心很快便冷卻下來。

其後 Sofia 的媽媽更證實患上癌症，令本來已經壓力重重的 Sofia，頓感徬徨與無助。當看到媽媽接受治療後產生的副作用，Sofia 的精神瀕臨崩潰。

Sofia 對研究員說：「我當時有一種感覺，覺得身邊的事情完全不受控制；負面的情緒佔據我的心頭，令我度日如年。」為了逃避這些情緒，Sofia 開始了酗酒的習慣，她用飲酒的方式來分散自己的注意力。

Sofia 問研究員:「我是社工學生,卻有酗酒的習慣,你會不會看輕我,認為我能醫不自醫?」研究員回答說:「怎會呢!社工也是人,人是有情緒的。」

研究員建議 Sofia 尋求專業輔導,解決一下內心積存的壓力。其後 Sofia 接受了香港大學「迎風」的網上諮詢服務,並將內心積存的負面情緒盡情傾訴。

「經過面談後,我好像放下了心頭大石;縱使事情沒有改變,但我對事物的態度卻出現變化。」

經過面談後，我好像放下了心頭大石；縱使
事情沒有改變，但我對事物的態度卻出現變
化。

―― Sofia

創傷後壓力症候群 反芻思考

衝動　廣泛　手機　家庭　飲食失調困擾　運動量

神經質　焦慮　成　關

思覺過敏　係　抑鬱

睡眠問題　自尊　社交焦慮　癮　抗逆力　寂寞

朋友支持感

19

神學之路

Zoey 是一名 22 歲的護理系學生,在一個小康之家長大,父母十分支持 Zoey 發展個人興趣,Zoey 擁有八級鋼琴資格。為了報答父母,Zoey 希望可以在大學畢業後,為家人創造美好的生活。

Zoey 亦不負父母所望,中學畢業後,她成功考入香港某間著名大學,並且完成學士課程。不幸的是,在學士課程畢業前,家裏卻傳來壞消息,媽媽被證實患上胰臟癌。

「從此以後,我的生活發生了很大變化;每天我不停進出醫院,探望和照顧生病的媽媽。化療過程亦令媽媽痛不欲生,看到媽媽的痛苦,我感到十分徬徨與無助。」Zoey 後來更確診患上抑鬱。

Zoey 哭着對研究員說:「從那時開始,我不停思考一個問題,究竟活着有甚麼意義?看着媽媽步向人生的晚程,卻眼巴巴不能提供協助,究竟讀護理有甚麼作用?」

Zoey 是一名基督徒,她開始思考應否放棄攻讀護士,改讀神學。「但要完成三年的神學課程,其實並不容易;我是讀理科的,要鑽研艱澀的經文,加上要應付大量的實習時數,我沒有信心能夠應付。」

在人生的交叉路口,Zoey 裹足不前,加上媽媽的健康進一步轉差,令她的心情直往下沉,最後只好尋求精神科醫生的協助。

Zoey 開始接受精神科的藥物治療。「開始服用抗抑鬱藥時,抑鬱的症狀並沒有消失,但服藥二至三星期後,情緒便出現好轉,病情便開始穩定下來。」

最後,Zoey 向研究員表示:「走過抑鬱,也經歷過母親患病,讓我體會到人面對困難時的無助,令我對讀神學的決心更加堅定。」

社交焦慮

寂寞 思覺過敏 朋友支持感 自尊 衝動 運動量 創傷後壓力症候群

抗逆力 家庭關係

反芻思考 抑鬱神經質 困擾

反芻思考 手機成癮

飲食失調

睡眠問題

廣泛焦慮

20

雲飄飄

嘉怡的性格比較內斂和敏感，不善於與人打交道；對研究員的提問，嘉怡只是點頭或搖頭示意。直至見了幾次面，與研究員熟絡以後，嘉怡才願意打開話匣子。

「我出生於破碎家庭，在我學步之年，父母便已經離異，我跟媽媽、姊姊和爺爺同住。」嘉怡向研究員介紹自己的家庭背景後，接着坦然承認：「我除了擁有幾位多年前認識的好友，沒有太多知心朋友；很多人認為我飄忽不定，難以觸摸。」

嘉怡記得，從童年開始，爸爸媽媽便為一些無謂小事爭吵；後來更因為爺爺欠下巨債，兩人的緊張關係更不斷升溫。

因為爺爺的債務問題，嘉怡與家人曾遭到黑社會的騷擾。「有一次，幾個彪形大漢在我的補習社門口埋伏，其後更衝出來與媽媽發生口角，需要警方介入。」

可能受到不穩定的家庭環境所影響，嘉怡升上小學的頭幾

年，一直受到「分離焦慮」的影響，無法專心上課；升上中學後，嘉怡更發現自己的專注力變得愈來愈差，更出現了失眠問題。

經學校社工介入，嘉怡被轉介到精神科接受治療，並確診患上「廣泛性焦慮障礙」[11]，需要停學半年。半年後嘉怡的情況穩定下來，便重返校園。

嘉怡表示：「可能因為離校太久，我對人感到害怕，已經不習慣與人相處。」

嘉怡的父母最終決定離婚。離婚之後，嘉怡母親的性情卻變得喜怒無常，經常與嘉怡發生衝突。

經過將近一小時的訪談，研究員發現，與人熟絡後，嘉怡其實頗願意分享自己的家庭與學校生活，甚至透露自己的情緒困擾。從嘉怡那雙水汪汪的眼眸，可以看出嘉怡與人重新聯繫和融入社會的渴望；但對身處的世界，嘉怡仍徘徊在信任與不信任之間。

---

11 廣泛性焦慮障礙是焦慮症的一種，病徵包括：感到極度焦慮，並在大部分日子對多個事件或多項活動感到擔心，情況最少持續半年。

可能因為離校太久，我對人感到害怕，已經
不習慣與人相處。

—— 嘉怡

抑 寂
鬱 寞　創傷後壓力症候群
　　　思覺過敏
家庭關係　睡眠問題
社交焦慮 衝動
反芻思考 手機　飲食失調
　廣泛焦慮 機成　神經質　抗逆力
運動量 困擾 癮
　　自尊　　　朋友支持感

21

都習慣了

　　阿簡是一個陽光少年，一身古銅色皮膚。阿簡經常在戶外工作，當研究員問他怕不怕酷熱的陽光？阿簡回答：「維修工作經常日曬雨淋，都習慣了。」

　　阿簡的承受能力異於常人，阿簡表示：「為了生計，不可計較太多，我讀書不成，只好幹些勞動工作，這些痛楚實在不算甚麼！」

　　阿簡從小患有讀寫障礙[12]，無論花多少時間和努力，他的學業成績總是敬陪末座。老師看到阿簡的表現強差人意，不斷加以責備，並且常常點名批評阿簡，更囑咐同學以阿簡為鑑。久而久之，同學都疏遠和排擠阿簡，令阿簡對上學失去興趣，成績更一落千丈。

　　阿簡升上中學後，因為父親欠下賭債，家庭陷入了經濟困境。由中三開始，阿簡便做兼職，以幫補家計。但阿簡沒有放棄自己的夢想，他為自己訂下人生目標，就是將來成為一名飛

機維修工程師。

阿簡一邊兼職，一邊讀夜中學。可惜的是，阿簡患有讀寫障礙，要追上學習進度，給阿簡帶來不少壓力。當壓力如雪球般愈滾愈大，阿簡只好以割手的方式宣洩情緒。

「沒多久，我更患上嚴重抑鬱，需要接受精神科的藥物治療；幸好我是個硬漢子，服藥一年後病情便漸趨穩定，現在每隔四個月才需要覆診一次。」

「你怎樣看待患上抑鬱症的經歷？」研究員問阿簡，阿簡懶洋洋地回答：「看醫生和吃藥，兜兜轉轉就這樣過了一年，都習慣了！」

但阿簡補充說：「我仍希望在不久將來，可以考入職業訓練局的飛機維修課程，到了真正成為飛機維修工程師，甚麼抑鬱和負面情緒，都會一掃而空！」

阿簡積極樂觀的性格，給研究員留下極為深刻的印象。

---

12 讀寫障礙是一種神經發展障礙，屬於特殊學習障礙的一種，患者在閱讀或書寫領域出現困難。

我仍希望在不久將來，可以考入職業訓練局
的飛機維修課程，到了真正成為飛機維修
工程師，甚麼抑鬱和負面情緒，都會一掃
而空！

—— 阿簡

反芻思考

抗逆力
自尊
社交焦慮
廣泛焦慮
朋友支持感
睡眠問題抑鬱
運動量
衝動
飲食失調
神經質
寂寞 困擾
手機成癮
思覺過敏
家庭關係
創傷後壓力症候群

22

少一點抑鬱，多一點希望

俊熙是個很有禮貌的男生，今年 23 歲；但彬彬有禮的俊熙，原來不受同學歡迎。

「我自小便不懂怎樣與人相處，當別人向我提出問題，我都會慢半拍才擠出答案。」

雖然俊熙智力上沒有問題，但自從中三開始，他便出現學習困難；無論是校內考試或香港中學文憑試，成績都強差人意。

由於諸事不順，俊熙每晚躺在床上，都輾轉難眠，久久才能入睡。睡前更會浮現很多負面思想，不停指責他是一個糟糕的人。

俊熙有一個弟弟，弟弟是父親的寵兒，父親經常在言語間向俊熙暗示：「你經常留班，令家人蒙羞，弟弟真的比你優秀千百倍。」不知是否因為父親涼薄的說話，令俊熙對人的疑心很重，別人一個很神，都會令他苦苦思索大半天。

無數個無眠的晚上，俊熙都會發同一個噩夢，就是夢見自己欠交功課，被老師破口大罵。除了噩夢連連，俊熙其後更出現了抑鬱和焦慮的症狀。

俊熙告訴研究員：「那時候，我感覺自己一事無成，不如離開這個世界算了。」

幸而後來俊熙得到一位基督徒老師的鼓勵，中學畢業後，便報讀職業訓練學校的網站設計課程，俊熙對網站程式設計很有天分，他喜歡瀏覽不同網站，觀賞不同網站的設計風格。

從網站設計課程中，俊熙獲得不少滿足感，也建立了一點點自信。

現在的他，總算少一點抑鬱，多一點希望。

我自小便不懂怎樣與人相處，當別人向我提出問題，我都會慢半拍才擠出答案。

—— 俊熙

困擾 抑鬱 神

社交焦慮 運動量 經質 家

反芻思考 庭

衝動 思覺過敏 關

抗逆力

係

飲食失調 寂寞 手機成癮

睡眠 自尊

創傷後壓力症候群 問

朋友支持感 題 廣泛焦慮

23

三眼人影

21 歲的吉月是應屆中學文憑試考生。除父母以外，吉月與六個親戚同住。吉月的學業成績一向不佳，整個中學生涯中，吉月經歷了多次留級和重讀；幾經波折，才順利畢業。

吉月的父親一直有酗酒的問題，嚴重時會對吉月拳打腳踢；語言暴力更成了家庭成員習慣使用的溝通方式。在充滿壓力的家庭環境中長大，令吉月的精神健康出現嚴重問題，有時會聽到不存在的聲音，或看見不存在的影像。

研究員請吉月描述一下那些奇怪的經歷是怎樣的？吉月說：「在我的睡房，我感到有些『影子』在我獨自一人時惡意撲向我，為了逃避這些『影子』，我會留意身邊的一舉一動，因此難以專心一致地溫習。」

在訪談中，吉月表示自己曾經歷不同種類的精神障礙，其中包括抑鬱症、焦慮症、躁鬱症、驚恐症和思覺失調。

吉月接着說:「曾經有一次,我看見一群黑色、沒有鼻子的三眼『黑影』,那些『黑影』不停向我迎面侵襲,並向我露出邪惡的笑容。」

接近訪談的尾聲,吉月向研究員表示,她正積極尋求專業協助,希望能改寫自己的命運。

根據研究員的觀察,雖然吉月面對着家庭與精神健康上的重重困難,但吉月的生命力仍十分頑強。

這份堅韌的生命力,對於精神康復十分重要。

手機成癮

反芻思考　朋友支持感

創傷後壓力症候群

社交焦慮

廣泛焦慮

泛抗家庭關係

焦逆

慮力

神經質

思覺過敏

睡眠問題困擾

自尊

寂寞抑鬱

衝動
運動量

寞鬱

飲食失調

24

做自己的勇氣

Benjamin 在一間物流公司任職文員，他自小便發現自己的性別認同跟大多數人不一樣，雖然他擁有一個男孩的身體，但心裏總渴望成為女性。

Benjamin 向研究員說：「在小學四年級時，我已經察覺自己跟同齡的男孩不同，我擁有不一樣的性別特質，我雖然是一名男孩，卻擁有女生的思想，喜歡和女生相處；更奇怪的是，我常常渴望擁有女性的臉容和身軀。」

Benjamin 向研究員坦白承認：「有時候我會偷媽媽的內衣褲，把它穿在自己身上，然後對着鏡子，想像自己是一名女生。」因為 Benjamin 的性別傾向，導致他常常被男同學取笑和排擠。

升上中學後，為了逃避同學歧視的目光，Benjamin 會刻意隱藏自己女性化的思想和行為。「我會強迫自己和男生交往，讓自己看起來像男性圈子的一分子。」

在 15 歲時，Benjamin 終於忍受不了性別身份的壓力，選擇結束自己的生命，其後更被送到醫院接受治療。經精神科醫生的初步診斷，確診 Benjamin 出現性別不安 [13] 的精神困擾，伴隨的還有抑鬱和焦慮症狀。

經歷自殺一事，同學對 Benjamin 的體諒增加了，有些女同學更主動接觸和安慰他。Benjamin 表示：「我與班上某幾位女同學雖然稱不上知己，但她們每次聚會，都會刻意邀請我參加，並且把我看成她們的一分子，讓我沒那麼孤立，擁有一些歸屬感。」

其後，Benjamin 加入了一個網上的性小眾互助組織；自此，Benjamin 對性別認同有了不一樣的看法。Benjamin 表示：「過去的我，一直思考透過甚麼渠道可以進行變性手術；但經過細想，我明白到問題根本不在我身上，而是社會對我的不接納。手術只能改變表層的東西，但深層的性別歧視仍沒有解決。」

經過過去幾年的跌跌碰碰，Benjamin 終於學會擁抱和接納自己獨特之處，並勇於面對自己內心的訴求。

Benjamin 說：「今天的我，可以勇敢地豁出去，在日常生活中，選擇女性化的打扮，不再理會別人的目光。」

研究員對 Benjamin 敢於做自己的勇氣，表示肯定和欣賞。

---

13 性別不安，又稱性別不一致，是指個體對與生俱來的生理性徵，與其體驗的性別，感到顯著不相符，並出現困擾。

我明白到問題根本不在我身上，而是社會對
我的不接納。

—— Benjamin

困擾 睡眠問題
思覺過敏 飲食失調
家庭關係
自尊 反芻思考
朋友支持感 抗逆力
廣泛焦慮抑鬱 運動量
社交焦慮 神經質 寂寞
創傷後壓力症候群 衝動

25

暴食的焦慮

「我出生於中產家庭，爸爸在內地做生意，我們一家人在中半山居住，生活可說無憂無慮。」這是訪談中思穎對自己的家庭背景的描述。

「從小到大，無論是家庭、交友與學習各方面，我都沒有遇上甚麼挫折；可能是這個原因，養成了我凡事追求完美和卓越的性格，且不容易妥協。」

由於思穎長期在溫室的環境中長大，一旦碰上不順心或不能控制的事情，便會變得焦慮。

「我就讀的是區內名校，學校的功課十分繁忙，測驗一個接一個；當面對沉重的壓力時，我會選擇向身邊同學傾訴。但由於我一向成績優異，同學便以為我惺惺作態；不少人開始在背後中傷我，同學更一個接一個遠離我。」

在孤立無援下，思穎唯有以吃零食舒緩壓力。「當壓力變得

愈來愈大，我進食的頻率和份量亦隨之增加；為了不影響身形，我會利用催吐來控制體重，但又害怕給家人發現，於是便躲在廁所進行催吐。每次催吐後，廁所都會傳來陣陣惡臭，我很擔心終有一天會給家人發現。」

在連串考試壓力下，思穎的暴食問題變得愈來愈嚴重，催吐的次數亦大增。思穎擔心紙包不住火，於是主動向社工求助。學校社工鼓勵思穎尋求精神科醫生的專業意見，最後思穎被確診患上暴食症[14]。

「接受了半年的藥物治療和輔導，病情總算受到控制。當我向父母坦然承認因學業壓力及被同學孤立而出現暴食問題，他們不但沒有責備我，更向我表示諒解，且願意陪伴我走這條康復路。」

思穎對研究員説：「我終於明白，選擇不逃避，勇敢面對，可減少問題出現時的心理壓力。」思穎慶幸自己終於明白這個道理。

---

14 暴食症是飲食障礙的一種，患者難以控制飲食習慣，於是出現暴飲暴食的情況；患者也會出現補償性行為，例如嘔瀉，以防止體重增加。

當我向父母坦然承認因學業壓力及被同學孤立而出現暴食問題，他們不但沒有責備我，更向我表示諒解，且願意陪伴我走這條康復路。

——思穎

手機成癮

抗逆力

創傷後壓力症候群

家庭關係量

衝動

神經質

思覺過敏失調

飲食

反芻思考

運動

朋友支持感

困擾

自尊

寂寞

社交焦慮

廣泛焦慮

抑鬱

睡眠問題

26

對客人的恐懼

　　應泰的父親是內地人，由初中開始，應泰便與母親和弟弟移居香港。初到埗的應泰，由於廣東話不純正，常常遭到同學的嘲笑。

　　「我的父親在內地很有地位，後來卻因為生意問題，捲入法律糾紛，最後更遠走他方。」應泰向研究員表示，可能因為父親長期不在自己身邊，形成了他內向和害羞的性格。

　　面對陌生人時，應泰常會感到焦慮和不安。由於廣東話說得不純正，應泰更成為了同學欺凌的對象。應泰表示：「最初只是口頭上的模仿，後來更變本加厲，出現故意的身體推撞。」升上中三後，應泰便經常逃課，躲在家中。

　　後來應泰到一間台式飲品店任職，但焦慮的問題卻顯得愈來愈嚴重。應泰表示：「一兩個顧客我還可以應付，但當輪候的顧客數目增多，我的腦海便會浮現一些恐怖的畫面，例如如果顧客不停鼓譟，一旦情況失控怎麼辦？」遇到這種情況，應泰便頓

時感到呼吸困難，需要回到員工休息室休息片刻，才能繼續當值。

雖然面對焦慮的困擾，但應泰沒有放棄，他嘗試尋求解決辦法。上班前，應泰會想像不同的情景，然後在腦海重演情況，並學習放鬆，這樣便不會對突如其來的情況感到害怕。

研究員問應泰這些知識從何而來？他說從某些心理學書籍學來的。現在的應泰，雖然間中會出現焦慮症狀，但焦慮問題已經不會對應泰的生活構成嚴重影響。

其實應泰的學業成績一向不錯，在內地更屬於尖子；只是受到校園欺凌的影響，才失去學習動機。

其後，經母親與學校老師的鼓勵，應泰轉到一間成績只屬一般的屋邨中學繼續學業，同學都屬於低下階層，所以不會對新移民報以奇異的目光。

應泰在那裏找到屬於自己的天地，並與一兩位談得來的同學結成好友。

當輪候的顧客數目增多，我的腦海便會浮現
一些恐怖的畫面，例如如果顧客不停鼓譟，
一旦情況失控怎麼辦？

—— 應泰

創傷後壓力症候群

家庭關係 飲食失調 廣泛焦慮 思覺過敏 睡眠問題 衝動 寂寞 困擾

運動量

社交焦慮 調 慮 敏 題 反芻思考

抗逆力 神經質

自尊 手機成癮 抑鬱

朋友支持感 ❤

27

「劏房」的自由

Emilia 給研究員的第一個印象，是一個思想十分成熟的女生。經過詳談後，研究員才發現，這個 17 歲的女生，原來在人生路上經歷了這麼多。

Emilia 從小便受到父親虐打，這情況一直維持至中四，Emilia 才搬到舅父的家，跟舅父舅母一起生活。

Emilia 說：「我的父親一向有酗酒的習慣，而且情緒不穩；當他感到生活不如意時，便會對我拳打腳踢，或用惡毒的言語傷害我。」

中四那年，Emilia 因為與父親發生嚴重口角，竟選擇以玻璃傷害自己，後來給老師發現，把她送到醫院；出院後，Emilia 跟舅父舅母一起生活。

「在舅父舅母家，我度過了一段短暫的開心日子；但那裏始終不是自己的家，他們沒有義務要照顧我，並忍受我的壞脾

氣。」Emilia 舅父舅母的家，位於一棟唐樓；Emilia 不開心的時候，會走到天台，一個人想事情。

「那時的我，生命仍很幼嫩。當孤單一人或感覺沒有盼望，便會一次又一次傷害自己，這給舅父舅母帶來很大的麻煩；但那時的我，並沒有想到這些事對他們的影響，只想到全世界把我遺棄，再沒有人愛我。」

在孤單無助之時，學校的一位英文老師竟然願意給 Emilia 提供協助，並無償地替 Emilia 補習。Emilia 說：「我的英文科成績一向較差，特別是英文口語；加上長時間住院，我的英文表現落後於大部分同學。」

「但這位老師竟然願意替我補習，在補習時，更向我分享信仰，鼓勵我要原諒父親。」最終，Emilia 離開了舅父舅母的家，一個人生活。Emilia 說：「『劏房』雖小，但勝在是自己的小天地；在那裏，我可以活得自由。」

一個 17 歲的女孩，背負着人生這麼多創傷，但也練就了堅強的性格，Emilia 給研究員留下極深的印象。

家庭關係　衝動　困　反芻思考　自尊　抑鬱　廣泛焦慮　朋友支持感

飲食失調　擾　寂寞　手機成癮

社交焦慮　思覺過敏

神經質　睡眠問題　運動量

抗逆力　創傷後壓力症候群

28

不敗的自我形象

凱琳今年 20 歲，在香港某間大學修讀經濟，凱琳自小在很多人眼中便是一位模範生，她不但成績優異，更是相識滿天下。凱琳對研究員說：「我自小在讀書方面便很有天分，我經常名列前茅，但同學都看不出我為此其實付上不少代價。」

「當我遇到壓力時，我會大吃大喝，例如一口氣吃一個家庭裝雪糕，一次過吞下 150 克薯片，連續吃兩個大杯裝杯麵；每當開始進食，我便一發不可收拾，吃到反胃才能停止。」凱琳說。

但暴飲暴食之後，凱琳的心情其實並沒有變好，反而變得更差；每次暴飲暴食後，她的內心都會充滿內疚的情緒，並不停責備自己。

凱琳向研究員表示：「我清楚知道暴飲暴食帶來的惡果，但每次遇到壓力時，我仍會不由自主把食物塞進口裏，好像內心有個黑洞需要填滿。」

當暴飲暴食的情況變得嚴重時，凱琳的學習也會受到影響。過分暴飲暴食令凱琳胃部經常疼痛，更無法完成原先訂下的學習目標。

接近訪談尾聲，凱琳表示：「我真的不想為了維持永遠不敗的形象，把自己的身體弄至如此田地，我真的不想再與食物搏鬥了！」研究員十分體諒凱琳面對的壓力，畢竟要維持成功的自我形象，內心的壓力相信不會太少。研究員只好鼓勵凱琳利用其他方法處理壓力，而不是以盲撐的方式，維持不敗的自我形象。

我真的不想為了維持永遠不敗的形象，把自己的身體弄至如此田地，我真的不想再與食物搏鬥了。

—— 凱琳

寂寞 抗 廣泛焦慮

運動量 逆 神經質 困擾

社交焦慮 睡眠問題

家庭關係 自尊 衝動 抑鬱

思覺過敏 力 飲食失調

手機成癮

反芻思考 朋友支持感

創傷後壓力症候群

29

途人的目光

一身黝黑膚色的 Mila，走在街上總吸引途人的目光。途人經常對 Mila 投以異樣的眼光，令她感到渾身不自在。

16 歲的 Mila，隨母親和弟妹從巴基斯坦來港，與身為香港人的父親團聚。雖然已抵港一年多，但 Mila 尚未適應香港的生活。周遭的目光及急速的生活節奏，常常讓 Mila 感到壓力。

在巴基斯坦一向品學兼優的 Mila，來到香港之後，成績卻一落千丈；在彼邦健談自信的她，到香港後卻變得沉默寡言。

在課堂上，一向積極的她，現在卻不發一言。Mila 向研究員表示：「出現這種情況，並非因為我無心向學，而是我不想成為別人的焦點。」

與別不同的外貌和文化背景，令 Mila 經常成為同學談論的對象，亦讓她承受了不少心理壓力。久而久之，Mila 變得不再自信，甚至出現自卑的情結。

Mila 向研究員說：「我只想將自己的『存在感』降到最低，不想再成為眾人的焦點；我知道部分巴基斯坦人曾經在香港做了一些『不光彩』的事，因此不少人對南亞裔人抱有敵意。但我希望香港人能認清，不是每位巴基斯坦人都是壞人，很多巴基斯坦人努力對香港社會作出貢獻。」

有一次，Mila 獨自乘搭地鐵，發現一名男子不停盯着她，並在她離開車廂後，仍尾隨着她，令她驚慌不已。「這並非首次遇上這樣的經歷，已發生多次，希望這是最後一次。」Mila 說。

發生這件事之後，Mila 每次外出時總會加倍警覺，她經常留意有沒有人向她投以不友善的目光。

「有時我會想，這是否因為文化差異？還是我太過敏感？」但最終 Mila 仍無法分清這到底是事實抑或來自她的多疑 。

最後 Mila 向研究員表示：「我只希望能盡快融入香港人的生活圈子，不再成為異類。」

我只想將自己的「存在感」降到最低，不想再
成為眾人的焦點。

—— Mila

思覺過敏

抗逆力

寂寞 廣泛焦慮 抑鬱 運動量

飲食失調

困擾 朋友支持感 社交焦慮

自尊 手機成癮 睡眠問題

衝動 家庭關係

神經質

反芻思考

創傷後壓力症候群

30

小小的房間

Isla 雖然是大學畢業生，但樣子卻較同齡的人成熟。Isla 形容自己比較早熟，她說：「可能受到童年經歷的影響，令我的性格變得十分獨立，也很堅強，而且不怕吃苦。」

Isla 原本在一個幸福的家庭中長大，但這些美好的日子卻隨着母親的離世而戛然而止。當時 Isla 只有 8 歲，對母親病逝的消息，只是一知半解，但她知道父親從那天起彷彿變了另一個人。

「自從母親離開以後，父親的性情便變得難以觸摸，一時沉默寡言，一時卻喜怒無常，默然流淚。」當父親大發雷霆時，Isla 只感到無比害怕；年幼的 Isla，大部分日子都在恐慌與無助中度過，更經常陷於情緒低落中。

Isla 向研究員表示：「我在學校甚少跟同學交往，害怕給別人帶來麻煩與厄運。」後來 Isla 的父親被確診患上躁鬱症，她才明白父親是因情緒病才引致性情大變。雖然 Isla 終於明白父親情緒大起大落的原因，但長年累月的精神虐待已經對她的性格造成

影響，令她不容易相信別人。

　　長大後的 Isla，下了決心，「我要獨立，情感上不再依賴任何人。」在大學四年間，Isla 拼命兼職賺錢；上課之餘，更會在周六與周日當補習教師。平時省吃儉用，畢業後她如願以償，租了一個小小的房間，開展獨立的生活。

　　「縱使家徒四壁，但我卻感到前所未有的自在；在這片小小的空間，我可以擺脫不安與無助，自由自主地生活。」Isla 滿足地說，研究員也為她感到驕傲。

縱使家徒四壁，但我卻感到前所未有的自在；在這片小小的空間，我可以擺脫不安與無助，自由自主地生活。

—— Isla

自尊

朋友支持感

飲食失調

神經質

反芻思考

手機成癮

廣泛焦慮

運動量

家庭關係

衝動

社交焦慮

抗逆力

寂寞困擾

思覺過敏

抑鬱

創傷後壓力症候群

睡眠問題

31

追隨內心的聲音

P 給研究員的印象是一個內斂的男孩，P 向研究員表示：
「我不習慣與人溝通，我只想說自己心中想講的說話。」這個擁
有獨特個性的 P，今年 21 歲，是大學三年級哲學系學生。

完成中學文憑試後，P 在香港繼續升學，就讀與工程相關的
高級文憑課程。在就讀高級文憑課程期間，他發現自己的興趣不
在理科而在文科，他瘋狂愛上哲學，由中國哲學到歐陸哲學，他
都覺得無比吸引。

當掙扎着是否需要轉科，P 卻想到理想與現實應如何取捨，
於是陷於極度情緒低落中。有一次，在一個室友的鼓勵下，P 參
加了宿舍的分享早會。那天早會的主題是關於生涯規劃。一位
離校很多年的學長，在台上分享自己尋找人生目標的心路歷程。

P 對研究員說：「這位講者的人生經歷與我十分相似，他因
為前途的考慮，選讀了一些自己不感興趣的科目，但最終他聽從
自己內心的聲音，按着自己的能力和興趣，轉讀其他科目，這

給他帶來了重大的生命改變。」聽完講者的分享，P 思索了一陣子，便下定決心轉科。

事過境遷，P 回想起當初所做的決定，並沒有一絲後悔。P 回想那段困惱的日子：「那時的我，對身邊所有事物都提不起興趣，更對未來失去憧憬；我整天把自己關在宿舍中，覺得自己生命沒有價值，甚至想過不如死了便算。」

但原來這段烏雲密佈的日子，是會有過去的一天；當 P 咬實牙關闖過之後，又是一條好漢。現在的 P，重新燃點起對生命的熱情，並積極投入對哲學的追求和鑽研。P 對研究員說：「我慶幸做了這個決定，從前的壓力和困惱已消失不見。」

我不習慣與人溝通，我只想說自己心中想講的說話。

—— P

思覺過敏？

神經質

睡眠問題

家庭關係

自尊

抗逆力

手機成癮

運動量

社交焦慮

反芻思考

困擾

衝動

抑鬱

寂寞

朋友支持感

廣泛焦慮

飲食失調

創傷後壓力症候群

32

消失學習的一年

　　浩銘是一個 15 歲的男生，外表可愛，但思想成熟。從小到大，家人都期望浩銘可以成才；浩銘也不負眾望，入讀名牌小學，並在不同課外活動中表現出色。

　　但自浩銘入讀小學後，浩銘的媽媽便性情大變，且出現了抑鬱的症狀。當兩兄弟的成績稍微落後，或多看手機幾分鐘，浩銘的媽媽便破口大罵。

　　到了小學六年級，浩銘為了考進名牌中學，壓力急劇上升，甚至不時出現焦慮的症狀。最終，浩銘因為不能控制緊張情緒而焦慮症發作，有天更暈倒在街上。整個中一生涯，浩銘大部分時間都躺在床上度過，需要長期療養，白白浪費了整整一年的學習時間。

　　最終浩銘的媽媽願意面對自己的情緒問題，並接受醫生的治療。浩銘的媽媽努力學習控制自己的情緒，並且不再要求兩個兒子做一些他們不願意參與的事情。

「當媽媽願意積極面對問題，我的焦慮症症狀也不期然消失。」浩銘對研究員說。

今天的浩銘，不再為了滿足媽媽的期望而參加課外活動，他與弟弟可以好好享受課外活動的真正樂趣。

研究員默默祝福浩銘未來一切安好。

當媽媽願意積極面對問題，我的焦慮症症狀也不期然消失。

—— 浩銘

創傷後壓力症候群

反芻思考 抑 手機成癮
思覺過敏 鬱 飲食失調

抗逆力 廣泛焦慮 社 朋 運 困擾
交 友 動 自尊
家庭關係 焦 支 量
神經質 慮 持
感
衝動
睡眠問題
寂寞

33

沉默的松清

松清是一個 19 歲的普通男孩，卻有一個不平凡的童年。

腼腆的松清不太愛説話，訪談時也是一句起兩句止。根據研究員的觀察，大概是一些童年經歷，導致松清不太容易相信別人。但研究員花了很長的時間，才弄清事情的來龍去脈。

在松清有記憶以來，松清的爸爸媽媽已經分開。一直以來，他跟媽媽一起生活，與媽媽的關係亦相當不錯。及至媽媽結識了新男朋友，母子的關係便出現變化，且每況愈下。

松清跟研究員説：「媽媽原本是我世上最親密的人，但現在這唯一的依靠也消失了。」在學校，松清亦被班上的同學排擠。從中二開始，松清便抗拒上學，而且變得愈來愈缺乏自信，更出現了抑鬱的症狀。

當抑鬱來襲時，松清會反鎖自己在學校的更衣室裏，獨自哭泣。試過有一次，松清服用了大量安眠藥，幸好及時被家人發

現，被送到醫院接受治療。中學畢業後，松清沒有再繼續升學，只是從事一些兼職工作。

松清向研究員表示，晚上經常不能入睡，睡了一小時又會醒過來，也沒有胃口，三餐可以變為一餐，有時候更可以一整天都不吃東西。

「醫生説我患上重鬱症[15]，需定時到醫院覆診，並要每天服用抗抑鬱藥。」

研究員鼓勵松清向醫院的社工敞開心扉，將心事慢慢整理；松清沒有回應，似乎在沉思。

---

15 重鬱症，全名重型抑鬱障礙，是情緒障礙的一種。重鬱症的病徵包括：感覺悲傷或絕望，並對正常活動失去興趣，情況持續最少兩星期。

媽媽原本是我世上最親密的人，但現在這唯一的依靠也消失了。

—— 松清

衝動
神經質
自尊
寂寞
廣泛焦慮
朋友支持感
社交焦慮
運動量
手機成癮
抗逆力
家庭關係
困擾
睡眠問題 抑鬱
創傷後壓力症候群
飲食失調 思覺過敏
反芻思考 ?

34

大專的首兩年

梓瑤在社會工作多年，擔任行政工作，是一位能幹的女性。但原來她在求學階段並非一帆風順，「我自小便是一個容易緊張的人，特別是面對重大壓力時，我會感到焦慮，工作表現也會大打折扣。」

高中期間，梓瑤因為要預備公開考試，經常神經繃緊，更經歷了兩次驚恐發作[16]。梓瑤表示：「在一段很短的時間，我出現了強烈的恐懼和焦慮。有一次，當我向陌生人介紹自己，我即時感到十分緊張，心跳加速，手心冒汗，又覺得很想嘔吐。」

梓瑤接着說：「升上大專首兩年，是我人生最困難的時候，大部分同學都是我不認識的，需要十分主動才能建立友誼，這帶給我不少壓力。有一次要對全班做口頭報告，我的心快要爆破似的。」但梓瑤不敢將她的問題告訴家人，害怕家人擔心。

因為不斷累積的壓力，在大專第二年，梓瑤更患上了狂躁症。當情緒高漲時，她的腦筋會轉得特別快，自覺充滿能量，而

且脾氣變得容易暴躁；過去常常害羞的她，對着陌生人竟可以滔滔不絕。

當梓瑤發現情況不對勁，便向大專輔導處及精神科醫生求助。

兜兜轉轉，梓瑤的病情總算受到控制，她亦順利完成大專課程。現在的梓瑤，間中仍會因工作壓力出現輕微的抑鬱和焦慮症狀，但她已經找到方法處理，例如到公園散步或進行靜觀。

梓瑤與研究員分享了一些舒緩壓力的方法，並結束了這次訪談。

---

16 驚恐發作，又稱驚恐症，患者在沒有引發原因下，重複出現突如其來的「驚恐突襲」；及 / 或突襲後，出現了適應不良的行為改變，例如心跳加快、呼吸急速及心胸翳悶等。

我自小便是一個容易緊張的人，特別是面對重大壓力時，我會感到焦慮，工作表現也會大打折扣。

—— 梓瑤

家庭關係 睡眠問題 運動量 自尊 抑鬱 飲食失調

創傷後壓力症候群 朋友支持感 思覺過敏 寂寞

抗逆力

神經質

廣泛焦慮 衝動 困擾 社交焦慮

反芻思考

手機成癮

35

Nova 的傷痕

Nova 的外表就像一名普通的中學生，她戴着眼鏡，身形高挑而瘦削，手中總是握着電話，玩她最喜愛的遊戲 ——《傳説對決》。Nova 給研究員的初步印象是泰然自若。

Nova 和弟弟並非生於香港，但父母希望他們接受最好的教育，於是將他們送到香港讀書，兩夫婦繼續留在原地工作，賺取兒女的學費和生活費。

父母把 Nova 和弟弟寄養於朋友家中，他們是一對中年夫婦。由於疫情關係，男方長期失業，長時間留在家中，並借酒消愁，喝醉時更會對 Nova 和弟弟拳打腳踢。

Nova 心知情況不妙，卻無力反抗。有一天，學校社工發現 Nova 手臂上的傷痕，便與 Nova 的父母聯絡，父母才發現所託非人。學校於是安排 Nova 和弟弟暫住學校宿舍，直至找到合適的寄養家庭為止。

經過這次深刻的經歷，Nova 似乎長大了，她向研究員分享：「經過這件事之後，我立志成為一名警察，將來保護有需要的兒童和青年，以免別人重蹈我們的覆轍。」

經過這件事之後，我立志成為一名警察，將
來保護有需要的兒童和青年，以免別人重蹈
我們的覆轍。

—— Nova

廣泛焦慮

創傷後壓力症候群

運動量 衝動

手機成癮

反芻思考 寂寞

神經質

睡眠問題

朋友支持感 社交焦慮 飲食失調

思覺過敏 抗逆力

自尊 困擾 抑鬱 家庭關係

36

對美的追求

Oliver 今年 21 歲，是大專文憑課程的學生；但兩年的文憑課程中，他大部分時間缺課。當研究員問他原因為何，他只淡然地説：「上學沒意義。」

Oliver 患有抑鬱症，而且有自殺傾向。問到何時開始出現這些情緒困擾，他只説：「從有意識的一刻，我便有這種不想活下去的感覺。」Oliver 曾多次企圖自殺，猶幸沒闖出大禍。

當研究員問他會不會再了結生命，他表示：「要自殺的話，任何時候都可以，不需要現在規劃。」對 Oliver 來説，每天都很漫長，沒有特別想做的事，每天只是等待時間消逝。

問到情緒低落的箇中原因，Oliver 一口否認與校園欺凌有關，只是唸唸有詞：「活着沒意義，上學沒意義，一切都沒意義。」雖然 Oliver 對一切都「沒所謂」，但他對音樂卻「有所謂」，無聊時會與朋友組成迷幻樂隊，一起玩音樂。

他向研究員表示：「我患有讀寫障礙，但卻無損我對音樂的追求，很多音樂人與我的人生觀差不多，就是不太熱愛生命。我根本不想讀書，學校教的東西都是一些沒用的知識，我只對音樂有興趣。」

為了應酬父母，Oliver 報讀了一個專上學院的文憑課程，但只是虛應故事，並沒有全力以赴。

雖然 Oliver 表示一切「沒所謂」，但在面談過程中，他看到研究員用作記錄的鉛筆不夠尖，竟然從筆袋拿出一個鉛筆刨，替研究員削尖鉛筆。

由此可見，Oliver 並非一切「沒所謂」，只是對傳統教育沒興趣；他對鉛筆的執着，反映出他對一些事物有所追求。起碼美與不美，他懂得分辨。

我患有讀寫障礙，但卻無損我對音樂的
追求。

—— Oliver

創傷後壓力症候群

抑鬱

運動量

反芻思考

廣泛焦慮

抗逆力

朋友支持感

手機成癮

思覺過敏

衝動

神經質

睡眠問題

自尊

寂寞

困擾

家庭關係

社交焦慮

飲食失調

37

撐下去

梓淇給人的感覺是一名開朗的女生，雖然訪問開始時，她表示不願意重提往事，但與研究員熟絡後，她便慢慢敞開心扉，談到過去發生的一切。

梓淇是一名 20 歲女生，在大學修讀文學士課程。梓淇的成長，可說無風無浪，健康快樂；直到中三那年，父親的公司結業。失去工作的父親，長期留在家中，對梓淇的態度變得愈來愈惡劣，經常大吵大罵，甚至有時會向梓淇動粗。

經過整整一年賦閒在家，梓淇的父親終找到一份新工作，並減少與梓淇之間的摩擦。但去年由於疫情關係，梓淇的父親在工作上再次遭遇挫折，並再次失去工作。

父親告訴梓淇，由於家中沒有收入，沒有能力再供養她完成大學；如果她想完成學士學位，便得靠自己賺錢支付學費。

當梓淇感到無助和心灰之際，她遇上了一個非常愛護她的

男朋友。她的男朋友在她情緒最低落的時候,在她的身邊陪伴她和幫助她。其後梓淇找到了一份補習社的兼職工作,並申請大學貸款,過着半工讀的生活。

梓淇向研究員表示:「遇上逆境,身邊人的鼓勵和支持十分重要;猶幸得到男朋友的支持,我才有能力撐下去。」

遇上逆境，身邊人的鼓勵和支持十分重要；
猶幸得到男朋友的支持，我才有能力撐
下去。

——梓淇

自尊

寂寞

創傷後壓力症候群

手機成癮

家庭關係

運動量

抑鬱

廣泛焦慮

睡眠問題

朋友支持感

社交焦慮

抗逆力

困擾

反芻思考

衝動

思覺過敏

神經質

飲食失調

38

一連串突發事件

E原本是一個樂觀開朗的男生，但最近幾個月，卻經歷了一連串突發事件，令他吃不消，甚至出現情緒問題。

22歲的E是應屆畢業生，在某大學主修經濟。畢業後，E獲得一間中資銀行錄用，薪金不錯，身邊的人都為他感到高興。

然而，不久E的媽媽卻患上癌症，經常進出醫院，更要家人長期照顧。從小與母親相依為命的E，便承擔這個照顧母親的責任。

為了陪母親覆診，E經常請假，上司對此頗有微言；雖然困難重重，但幸得E的女朋友對E的支持，讓E有能力熬下去。

但突然有一天，E的女朋友卻無端消失；她不但不覆電話，信息也不回。

「明明昨天仍有講有笑，像正常情侶一樣；第二天卻突然人間蒸發，過了幾天我才發現自己『被分手』。」E向研究員說。

接着 E 更遇上公司解僱，公司因疫情關係，需要削減人手，於是便向 E「開刀」。

在短短幾個月，E 經歷了親人患病、失戀和失業；經歷這一連串打擊，E 的情緒最後也出現了問題。

「這一連串突發事件，令我變得焦慮和神經緊張，對任何事情都反應過敏，並對未來失去信心。」

研究員只好安慰 E，並期望 E 能重新振作，最終找到出路。

這一連串突發事件，令我變得焦慮和神經緊
張，對任何事情都反應過敏，並對未來失去
信心。

——E

創傷後壓力症候群

朋友支持感

家庭關係神經質

睡眠問題

抗逆力

手機成癮

廣泛焦慮

運動量 抑鬱

自尊

困擾 寂寞

衝動

思覺過敏

飲食失調

反芻思考 社交焦慮

39

欠了一句道別

14 歲的會欣記得三年前，笑着與親友道別，會欣暫別了十一年來鍾愛的人和事，隨父母移居香港，生活重新出發。

兩年後，會欣總算適應了香港的新環境，亦在香港結識了不少新朋友。但香港的社區始終難以與家鄉媲美，會欣對研究員說：「我不時仍會懷念家鄉，惦念家鄉的人情味。」

一天晚上，家鄉卻傳來噩耗。從父親口中，得知祖父染上新冠肺炎，正在隔離病房留醫；三天後，祖父更因新冠肺炎併發症而離世。會欣表示：「我與祖父的感情十分要好，我痛恨自己不在祖父身邊，未能跟他好好道別。」

會欣說：「無數個無眠的晚上，我的腦海都浮現祖父的臉容，更因為未能與他好好道別而深感內疚，有時更會不停地哭。」會欣最後證實患上抑鬱症，需要學校社工與精神科醫生的協助。

會欣表示，透過一整年的輔導，她漸漸放下心結，並尋回生命的動力；現在的她，正抖擻精神，準備到英國繼續升學。

會欣與研究員分享她的大計：「到英國後，我希望先修讀語文，打好語文基礎後，才報讀商科。」

經過一整年的心靈煎熬，會欣似乎解開了心結，可以重新上路。

無數個無眠的晚上，我的腦海都浮現祖父的臉容，更因為未能與他好好道別而深感內疚，有時更會不停地哭。

—— 會欣

睡眠問題

手機成癮

反芻思考

運動量

思覺　過敏

社交　焦慮

飲食失調　抗逆力

衝動　寂寞　竇

廣泛焦慮

自尊

神經質

朋友支持感　抑鬱

困擾

創傷後壓力症候群

家庭關係

40

詩人的心事

C 是一名在新西蘭留學的 19 歲男生，正修讀數學。在理性與邏輯思維背後，C 原來是一位性情中人，他熱愛文學，更愛寫詩。C 表示，他不習慣直接跟身邊人分享心事，於是選擇以詩的方式，將內心的想法與別人分享。

C 的中學成績不錯，並且在公開考試取得優異成績。C 到新西蘭後，每天都會背誦英文單詞，看英語電影和英語劇集，以提升自己的英語能力。只可惜碰上疫情，C 只能在線上上課，並且過着與人隔絕的生活。

「那段時間，除了上網課，其餘時間都是一個人在宿舍度過，由於我的性格十分內向，在疫情環境下，更難認識新朋友，令我的生活變得很壓抑。」當 C 得悉一位要好的朋友突然患上癌症，C 頓然情緒崩潰。

C 説：「在那段日子，我對閱讀及寫詩失去興趣，連與父母每星期定期的視訊通話，也缺乏動力去完成。」強烈的孤獨感佔

據了 C 的心頭，他不停想到彼邦患病的友人，以致不能專心投入讀書生活中。

當 C 的父母發現 C 多次拒絕接聽他們的來電，於是便追問 C 的近況，C 才透露自己的情緒出現問題。C 的父母於是鼓勵 C 回港求醫，經精神科醫生診斷，證實 C 患上了抑鬱症，醫生給 C 處方精神科藥物，並安排 C 接受心理治療。藉着家人和醫生的幫助，C 的情況一天比一天進步；現在的他，正準備返回新西蘭修讀第二年課程。

C 向研究員表示：「今天的我仍熱愛寫詩，但我正學習跟別人多溝通，並直接用說話抒發情緒，讓別人接觸自己的內心世界。」

研究員盼望 C 能重新出發，堅強面對人生每個挑戰。

今天的我仍熱愛寫詩，但我正學習跟別人多溝通，並直接用說話抒發情緒，讓別人接觸自己的內心世界。

—— C

社交焦慮
家庭關係
運動量
衝動
廣泛焦慮

反芻思考

手機成癮

寂寞
抑鬱
飲食失調

睡眠問題
神經質思覺過敏
朋友支持感
抗逆力
困擾
自尊
創傷後壓力症候群

41

走火入魔

剛接觸 Hudson 的時候，他給研究員的第一個印象，是一位文質彬彬、待人以禮的青年人，但原來 Hudson 也有性格的另一面，他對研究員說：「我曾經是一名駭客。」

Hudson 憶述自己讀初中時由於身材瘦削，經常成為同學取笑的對象，形成缺乏自信。中三那年，Hudson 遇上了一位心儀的女插班生；經過整整一年的曖昧期，Hudson 決定鼓起勇氣向對方表白，怎料這位女插班生卻對 Hudson 說：「我是以兄妹身份看待這段關係的。」

這件事引來不少同學的竊竊私語，更透過社交媒體大事張揚。Hudson 受到此事打擊，後來更患上抑鬱症。Hudson 說：「那年，我經歷了嚴重的生命挫敗，幾乎一蹶不振；往後我經常逃課，在家中埋首電腦書刊，漸漸愛上那個『要甚麼、有甚麼』的虛擬世界。」

Hudson 把自己孤立起來，拒絕與別人接觸，並沉迷於網絡

世界；Hudson 更利用駭客技術入侵別人的電腦，攻擊班上曾取笑他的同學，讓他們在網絡出醜。

事情的轉捩點是，當學校社工得悉 Hudson 的所作所為，便主動約見他；這位社工過去曾幫助 Hudson，與 Hudson 建立起深厚的友誼。會面期間，社工向 Hudson 表示對他的轉變感到失望。她原本以為 Hudson 充滿赤子之心，現在竟發現 Hudson 幹起害人的勾當，讓她對 Hudson 完全改觀。Hudson 聽完社工一番說話，頓時嚎啕大哭，表示悔意。

Hudson 向研究員表示，當時他對自己的卑劣行為實在後悔不已，事後更決定遠離網絡的霸凌行為，學習重新做人。

接近訪談的尾聲，Hudson 輕輕嘆一句：「人生並不像打機，可以無限次重新開始；幸運是這位社工拯救了我，讓我不再走火入魔。」

飲食失調 創傷後壓力症候群 困 ☹

神經質 運動量 寂寞 擾 睡

廣泛焦慮 衝動 抗逆力 眠

反芻思考 自尊 問

社交焦慮 家庭關係 手機成癮 題

抑鬱 朋友支持感 ❤ 思覺過敏

42

年少輕狂不懂事

志澤今年 21 歲，現正就讀護理系一年級。相比於同齡同學，他遲了三年才完成中學課程。讀中學時，志澤經常逃學，更因犯罪而被捕。提及這段往事，志澤嘆息一聲：「只怪年少輕狂不懂事！」

志澤出生於一個草根家庭，父母的教育程度不高，而且收入微薄，志澤自小便在惡劣環境中長大。志澤的父母其實十分疼愛志澤，他們千辛萬苦把志澤送進名校；但可惜的是，志澤卻無心向學，成績和操行都強差人意，最終被校方開除出校，被迫轉到一間排名較差的中學繼續學業。

「在這間中學，我認識了一班狐朋狗友，不但染上吸煙習慣，更在學校橫行霸道，自此便走上歧途。」志澤後來與一班壞朋友從事走私生意，在中四那年，因走私犯罪而被捕。

在拘留期間，志澤開始反省自己的人生，並決定作出改變；離開男童院後，志澤重返校園，雖然公開試的成績未如理

想，但總算考上了自己心儀的學科。

「人生中有很多有趣的事情，等待着我們去經歷和發掘；身邊亦有很多值得我們去愛的人，我又怎捨得白白浪費自己的人生！」志澤對研究員說。

人生中有很多有趣的事情，等待着我們去經歷和發掘；身邊亦有很多值得我們去愛的人，我又怎捨得白白浪費自己的人生！

—— 志澤

抗逆力 運動量 家庭關係 自尊 社交焦慮 困擾 手機成癮

創傷後壓力症候群

抑 寂寞 飲食失調 衝

思覺過敏 動

鬱 廣泛焦慮 反芻思考

朋友支持感

神經質☽睡眠問題

43

被愛的人生

Ellie 是一名 24 歲少女，外表瘦削，在訪談期間總是低着頭，手中握着手提電話，不停地瀏覽，最後她抬起了頭，輕聲地說：「我是一個躁鬱症與邊緣人格障礙[17]患者，患病已經四年多。」

Ellie 原本就讀國際學校，成績優異，並盼望到外國修讀獸醫。但 Ellie 生長在一個不完整的家庭，父親經常賭博，母親更患上憂鬱症。童年時的 Ellie，經常目睹父母互相打罵，長期在惶恐中度過。當父母不和時，有時更會將怒氣發洩在 Ellie 身上；因此 Ellie 自小便嚴重缺乏安全感，十分渴望被愛和被別人照顧。

在應付中學文憑考試期間，Ellie 結識了一位男朋友，這位男朋友對 Ellie 寵愛有加，照顧可謂無微不至。正當 Ellie 以為自己遇上給她幸福的另一半，卻發現原來男朋友一直與其他女子發生曖昧關係。「當我知道男朋友出軌，加上中學文憑考試累積的壓力，我整個人突然崩潰。」

Ellie 以自殘的方法發洩內心的壓力，並開始跟其他朋友吸食大麻。

Ellie 表示：「在我的世界裏，彷佛沒有人會再愛我和珍惜我，我覺得生存一點價值也沒有，腦海不時會浮現自殺的念頭。」

有一天，Ellie 走上學校天台，希望結束自己的生命，幸好身邊同學發現，並告知老師，才救回她的性命。

最後 Ellie 被轉介至精神科，經精神科醫生診斷，證實她患上躁鬱症及邊緣人格障礙。

在漫長的治療過程中，Ellie 開始找到自己的價值；現在的 Ellie 已經走出情緒的陰霾，並透過繪畫一步步療癒內心的創傷。

Ellie 的未來志願是開辦一間兒童繪畫中心，並透過繪畫為兒童注入希望。

最後，Ellie 向研究員表示：「希望有一天，我能放下家庭及過去伴侶帶給我的傷害，並活在當下，堅強地走人生的下半場。」

17　邊緣人格障礙是人格障礙的的一種。人格障礙是指患者的內在經驗與行為，出現了某種持續模式，而這種模式對患者的職業與人際功能產生損害。邊緣人格障礙的病徵包括：情緒調節不良，人際關係不穩定，非常衝動等。

希望有一天，我能放下家庭及過去伴侶帶給我的傷害，並活在當下，堅強地走人生的下半場。

—— Ellie

反 思 覺 過 敏
衝動 自尊 家 困 擾
運動量 抗 庭 芻思考 鬱
手機成癮 逆 關 抑
飲食失調 力 係
朋友支持感
創傷後壓力症候群 問 題
社交焦慮 廣
睡 眠 泛 焦 慮
神經質
寂寞

44

是否太自私？

　　年紀輕輕的思好，只有 14 歲，卻是家裏唯一的照顧者。她一方面要照顧患有思覺失調、失去工作能力的爸爸，另一方面要代替離家出走的媽媽看顧弟妹。

　　思好給研究員的印象，是對自己的要求很高。思好富責任感，凡事一力承擔，但容易自責，常常認為自己做得不夠好。談到興趣，思好聳聳肩，向研究員表示：「沒有甚麼特別，在街上，遇到新奇古怪的事物便拍照留念。」

　　排山倒海的家庭壓力，令思好喘不過氣；但無奈作為長女、作為大姊，她自然要擔起「未成年照顧者」的角色與責任。在旁人眼裏，思好是一個十分懂事和成熟的女孩，但思好對研究員說：「如果可以選擇，我寧可留在富童真的孩子世界。」自中一起，思好便要接送弟妹上學，放學後亦要到街市買菜做飯，並叮囑爸爸按時吃藥。

　　問思好會否埋怨家人，或對自己的處境感到不忿，她回應

說：「當然會有，但面對爸爸，我內心卻有十分複雜的感受，我有時會害怕他，有時卻同情他。」

日積月累的壓力，令思好渴望放下家務，跟朋友出外走走；但離家之際，爸爸卻問思好到哪裏去，是否要仿效媽媽離開他。思好呆在門前，不懂反應，一股罪咎感隨即湧上心頭，眼淚一下子奪眶而出。

思好轉身回到自己的房間，放下行李袋，並回到爸爸身邊，用說話安撫他；自此以後，思好便不敢再離開家園半步，甘願一力承擔照顧家庭的責任。

但畢竟思好還年輕，在訪談完結前，思好便向研究員剖白：「我的心情經常處於矛盾的狀態，一方面渴望有喘息的空間，另一方面卻體恤爸爸和弟妹的需要，我總不能太過任性！」

「我是否太自私？」思好問研究員；但對一個 14 歲的女孩來說，要禁止自己追求快樂，又是否太苛刻呢？

這亦是研究員與思好訪談後，不斷思考的問題。

如果可以選擇，我寧可留在富童真的孩子世界。

—— 思妤

困擾 自尊 廣泛焦慮 寂寞 思覺過敏 反芻思考 運動量 飲食失調 手機成癮 衝 神經質 抗逆力 動 睡眠問題 家庭關係 社交焦慮 抑鬱 朋友支持感 創傷後壓力症候群

45

Fish

Fish 是一個 20 歲的學生，正在修讀與工程相關的高級文憑課程。Fish 的性格十分倔強，經常因小事與父母發生爭執，與父母的關係十分惡劣。

Fish 從小讀書成績不特別出眾，他希望畢業後能從事工程相關的工作，將來可以成為一名工程師。可惜 Fish 跟不上學業的進度，成績未如理想，只能在職業訓練局的分校修讀文憑課程。

有一次為了一些瑣碎家務問題，Fish 和媽媽發生了激烈的衝突。Fish 控制不住自己的怒火，把桌上的東西砸在地上，並用力地推了媽媽一下，結果媽媽摔倒在地上。後來經舅父的介入和調停，事情總算告一段落。

後來 Fish 接受了學院提供的輔導，並與輔導員進行了多次深入的交談，他漸漸打開心扉，願意向人傾訴。現在的他，除了上學以外，也有穩定的社交生活，擁有幾個在學院認識的知

心好友。

透過輔導，Fish 也學會如何面對和控制憤怒的情緒；在訪談的尾聲，Fish 跟研究員開玩笑：「我現在更大的煩惱，是如何找女朋友呢！」

我現在更大的煩惱，是如何找女朋友呢！

—— Fish

飲食失調　家庭關係

朋友支持感　思覺過敏

抑鬱　寂寞　社交焦慮

廣泛焦慮　神經質　運動量　自尊　衝動

抗逆力

睡眠問題

困擾

反芻思考

手機成癮

逆力

創傷後壓力症候群

46

被同學孤立的日子

可佳在上海出生，是一個勤奮、樂觀和積極的女孩。可佳性格隨和，來到香港以後很快便和同學打成一片；出來工作後，她經常跟同事一起逛街、一起做運動。

可佳向研究員說：「雖然這是我第一次來香港，但我並沒有任何適應上的困難；我從小便跟父母到不同的地方居住，已習慣跟不同文化背景的人打交道。」

可佳從事金融行業，在別人眼中，可佳是一個充滿活力，並頗受同事歡迎的職業女性。但可佳卻向研究員表示：「不要以為我十分懂得與人相處，在高中最後一年，我曾被全校同學排擠。」

可佳接續說：「當時我與一位室友因男女感情問題發生了激烈的摩擦，她更在校園不停散播謠言，企圖污衊我，令我無地自容。那時的我，完全不想上學，後來更得了抑鬱症，亦有剗手的習慣。」

經歷了這次衝擊，可佳經常覺得同學在背後談論她，精神瀕臨崩潰；幸好不久之後，可佳的父母發現了女兒的自殘行為及精神出現異樣，於是帶她去見精神科醫生，並接受定期的輔導。

可佳說：「經輔導員的開解，我終於想通了，我並沒有做錯，錯的是那位中傷我的同學，當我知道問題不在我這邊，我便停止了自殘行為。」

經過兩年在家休養，可佳轉到另一間中學繼續學業。中學畢業後，可佳跟隨父母移居香港，並在大學修讀工商管理學士課程。在香港，可佳結交了不少好朋友，而且工作表現出色。

那次被排擠的事件似乎沒有對可佳帶來嚴重影響。訪問之後，可佳搖了一個電話，向研究員補充說：「家人對我的支持和諒解十分重要，這有助我走出情緒的陰霾。」

經輔導員的開解，我終於想通了，我並沒有做錯，錯的是那位中傷我的同學。

——可佳

睡眠問題

朋友支持感 反芻思考 社交焦慮

寂寞 神經質

抗 手機成癮 廣泛焦慮

逆 自尊 飲食失調

力 衝動 困擾 思覺過敏

家庭關係 運動量

抑鬱

創傷後壓力症候群

47

做回自己

Hazel 如今已經是一名大學一年級學生，但回想兩年前面對文憑試時的緊張心情，她猶有餘悸。

「準備應付公開考試的時候，正值疫情蔓延，考試被迫一再推遲，那種不確定的感覺令我變得十分緊張；由於考試日期不斷更改，令我失去應付考試的動力。」Hazel 表示，那段應考的日子，是她人生中最迷惘的日子。

Hazel 從小到大的成績都名列前茅，在老師眼中，她是一個才藝雙全的學生，家人更對她寄予厚望。Hazel 對自己要求很高，她完美主義的性格，帶給自己和身邊人不少壓力。

雖然 Hazel 已經是八級小提琴演奏家，但她卻經常懷疑自己的能力，心底經常有把聲音：「不管你如何努力練習，都不會有令人滿意的成績。」又試過一次，Hazel 被選為朗誦隊隊長；在一次朗誦比賽中，當 Hazel 得知對手是上屆冠軍，她便感到很大壓力。上台前，她突然出現了一些驚恐發作的症狀，其中包括

心跳加速、手腳顫抖，更差點兒暈倒。當隊員發現 Hazel 神不守舍，都替她擔心；幸好 Hazel 稍作休息，便回復了狀態。雖然最終未能獲獎，她總算順利完成比賽。

研究員留意到 Hazel 在訪談期間，容易受到環境的影響而分心，例如每當電話收到短訊，她就會忍不住查看。

當問到甚麼人對她影響最大，Hazel 說：「家人之中，媽媽對我的影響最大。媽媽是一位十分能幹的職業女性，我視媽媽為自己的榜樣，希望終有一日，我能像她一樣能幹。」

這也許是 Hazel 的心結所在，她愈想做到媽媽的水準，愈是表現失準。

其實不用與人比較，做自己反而更好，研究員期望 Hazel 有朝一日能夠明白這個道理。

朋友支持感力

社交焦慮困擾

寂寞

反芻思考

創傷後壓力症候群

神經質

思覺過敏

自尊

家庭關係

廣泛焦慮

運動量

飲食失調

睡眠問題

抑鬱

抗逆力

手機成癮

衝動

48

改寫命運的女孩

　　Abigail 是個 24 歲的女生，性格非常開朗。在同學眼中，Abigail 是一個堅強和獨立的女生，沒有甚麼難題可以難倒她。Abigail 從中六開始便做兼職，整個大專生涯也是一邊讀書，一邊做兼職，最後更考獲社工文憑。

　　Abigail 給研究員的印象，是為人坦率，願意與人分享，對研究員提出的問題更有問必答。但原來這位常帶燦爛笑容的社工，卻有不一樣的童年經歷。年紀輕輕的 Abigail，曾目睹父親吸毒，父親對母親施加暴力，警察登門造訪更是家常便飯。

　　Abigail 的母親雖然屢次被毒打，卻選擇啞忍。Abigail 說：「從小一開始，我便經常發噩夢，夢見自己被困在家暴的環境中，雖然後來父親與母親離婚，但我的噩夢並沒有停止，我仍不停夢見父親追着我們拳打腳踢。」

　　長大後的 Abigail，非常害怕與男生接觸，特別是男生表現得很憤怒時，她就會想起父親的影子。拍拖以後，Abigail 會對

男朋友千依百順，縱使不同意男朋友的想法，仍啞忍依從。雖然 Abigail 有這方面的性格缺陷，但過去的經歷並沒有將她變成一個憤世嫉俗的女孩；Abigail 仍熱愛生命，並願意透過當社工，幫助有需要的人。

Abigail 滿懷自信向研究員說：「我相信一個人只要努力，並有人扶她一把，命運是可以改寫的。」Abigail 的人生便是最好的見證。

我相信一個人只要努力，並有人扶她一把，
命運是可以改寫的。

—— Abigail

抗逆力 思覺過敏

反芻思考

睡眠問題 💔

創傷後壓力症候群

寂寞 廣泛焦慮

抑鬱 自尊 飲食失調

手機成癮 神經質 社交焦慮 困擾

家庭關係

朋友支持感

運動量
衝動

49

第二個家

芷琳在福建出生，在一個小康之家長大，家境雖然不是很富裕，但生活總算過得去。

「父母一直相信教育能改變命運，希望下一代能透過讀書提升生活質素。」芷琳説。

為了讓芷琳接受更好的教育，父母在她 14 歲時，讓她跟隨姑母移居香港，而家人則繼續留在福建。

不幸的是，芷琳來到香港之時，適逢香港發生了社會事件，整整八個月，她幾乎足不出戶，只是看着電視新聞一個接一個的衝突畫面，聽着其他人爭論一些難以理解的價值觀。面對這一連串衝擊，芷琳開始想念在福建的家，苦惱着自己為何來到這地。

後來社會氣氛漸漸穩定下來，芷琳便回復正常的學習生活。「雖然語言上沒有太大問題，但我習慣使用簡體字，在香港

卻要重新學習繁體字,這讓我感到很大壓力。」每次考試前,芷琳都會出現腹痛,這種狀態維持了好一陣子。

芷琳過去得心應手的學習模式,現在卻舉步維艱,芷琳逐漸對身邊的人和事感到鬱悶,並且產生了莫名的憤怒。腦海更出現了一些奇怪的聲音,好像有數個人在不停爭吵。

芷琳後來接受了精神科醫生的介入,並開始了藥物治療。兩年後,16 歲的芷琳的精神狀態終於回復穩定;芷琳知道當奇怪的思緒再臨,她可以和親友傾訴,或再次尋求專業人士的協助。

最後,研究員問到香港對芷琳的意義,芷琳想了一想,然後說:「香港對我來說本來只是一個旅遊目的地,如今卻成為我的第二個家。」

香港對我來說本來只是一個旅遊目的地，如
今卻成為我的第二個家。

———芷琳

社交焦慮　寂寞

思覺過敏　家庭關係

手機成癮

睡眠問題　運動量　神經質

廣泛焦慮

抑鬱　創傷後壓力症候群　衝動　朋友支持感　自尊　反芻思考　抗逆力　飲食失調困擾

50

煙和酒

曼文是一個中三女生，與父母同住。但過去的她，曾因為與人打架入住女童院。

「父母生活繁忙，要兼顧多份工作。我與他們見面的時間很少，沒有人與我談話時，我便借助酒精及香煙舒緩壓力。」曼文向研究員說。

談到她的朋友圈子，曼文說：「我們聚會的目的，大多是抽煙和喝酒；就算是分享個人問題，也是在大家飲醉之後，才會暢所欲言。」

一年多前，曼文跟相戀半年的男朋友分手；對於失戀的打擊，曼文表示：「失戀時，我會靠煙和酒來麻醉自己，甚至跟人打架以轉移視線。」

在一次與人激烈的爭吵中，曼文因傷人而入住女童院。離開女童院後，曼文嘗試透過輔導戒煙，但效果並不理想。

「不能說那些輔導方法沒有幫助，我的抽煙的次數確實減少了，由每天兩包減至每天一包，但卻不能完全戒掉。不過，透過輔導，我學懂如何表達自己的感受。這些正面的改變，雖然不能扭轉我與男朋友的關係，但他因為我的改變，竟然答應繼續和我做朋友，這讓我開心大半天。」

縱使生活艱難，但曼文答應輔導員，她不會放棄，會努力面對。

抗逆力

創傷後壓力症候群

神經質

抑鬱

反芻思考

寂寞

衝動

家庭關係力

飲食失調

睡眠問題

思覺過敏

困擾

廣泛焦慮

朋友支持感

運動量

手機成癮

社交焦慮

自尊

51

崎嶇人生路

　　Nora 是會計系副學士的一年級生，自小父母離異，她跟哥哥與父親一起生活。雖說有一位哥哥，但兒時開始，Nora 便與這位哥哥的關係十分惡劣；哥哥長大後，亦很快離開家庭，開始獨居生活。自此以後，Nora 便與父親過着相依為命的生活。

　　Nora 的成長一直無風無浪，小學成績更名列前茅。性格隨和的她，與朋友的關係亦十分良好。直到升上中一，Nora 的父親證實患上癌症，經常進出醫院，Nora 便承擔起照顧父親的責任。Nora 一邊上學，一邊在飲品店當兼職店務員，以維持家庭開支。

　　由於要兼顧讀書與兼職，Nora 睡眠嚴重不足，出現了專注力下降的問題。工作時，Nora 經常下錯單，並收到公司的警告信。

　　面對家庭、學業與工作的沉重壓力，Nora 出現了抑鬱的症狀，她不但每晚難以入睡，更對很多事情都失去動力和興趣。而

一向愛護她的父親，也突然性情大變，經常向她亂發脾氣，令她非常難過。更不幸的是，Nora 的公開試成績強差人意，未能順利升上大學，只能升讀副學士。

入讀副學士後，Nora 的精神狀況仍沒有好轉，經同學的鼓勵，Nora 開始與輔導員定期見面。「透過輔導的幫助，我把積存內心的壓力抒發出來。我亦漸漸體會到人生無常的道理，家庭出現了轉變，我也得接受。」

接近訪談的尾聲，Nora 向研究員表示：「我現在唯一可以做的，就是活在當下，繼續走我的崎嶇人生路。」

透過輔導的幫助，我把積存內心的壓力抒發出來。我亦漸漸體會到人生無常的道理，家庭出現了轉變，我也得接受。

—— Nora

抑鬱
朋友支持感　自尊
衝動　思覺過敏
睡眠問題　困擾
反　社交焦慮
神經質
家庭關係　芻
飲　手機成癮　思　抗逆力
食　考　寂寞
失　運動量
調　創傷後壓力症候群
廣泛焦慮

52

心理習慣

澤文是一個自尊心很強的人，他為自己訂下很高的人生目標，就是一定要成功！

澤文向研究員表示：「我的父親自小便教導我，失敗是一種懦弱的表現。父親要求我表現出色，比別人優秀，於是漸漸養成我與別人比較的心態。我對自己的要求很高，並且強迫自己不斷進步。」

15歲那年，澤文跟隨家人移民馬來西亞，卻無法適應當地的生活，兩年後便選擇一個人回香港生活，繼續學業。然而，香港的中學並不承認他在馬來西亞的學歷，他只能選擇重讀中四。

「眼見從前的同班同學，他們忙於應付公開試，而我仍然重讀中四，心裏只感到酸溜溜。」19歲的澤文，由於承受不了挫敗，竟吞下過量的安眠藥自殺，幸好最後給親友發現，把他送到醫院接受治療。

其後，澤文不停進出醫院精神科，中學文憑試的成績也屬一般；中學畢業後，澤文只能在一間建築公司當個小文員。

一位心理學家的一番話，卻解開了澤文的心結。「心理學家對我說，父親是父親，你是你，你怎可以一生都活在父親的陰影下？澤文，是時候活出自己，活出自己的人生。」

當然這種心理惡習不會一朝改變，但每當在內心湧出這把責備的聲音，澤文便有了多一份醒覺，並對自己說：「父親又在心中呢喃了！不要聽他，聽自己的聲音。」

如今的澤文，終於明白真正的懦弱不是給問題打敗，而是未被問題打敗前，已經給養成的心理習慣打敗。

父親又在心中呢喃了！不要聽他，聽自己的
聲音。

—— 澤文

思覺過敏

衝動

社交焦慮

創傷後壓力症候群

手機成癮

廣泛焦慮

神經質

朋友支持感

反芻思考

抗逆力

力運動量

家庭關係

自尊

睡眠問題

寂寞

抑鬱

困擾

飲食失調

53

人生的各種失望

初次與 Gianna 會面，Gianna 表現得較為沉默，似乎對人存有戒心。在研究員的循循善誘下，Gianna 才願意打開心窗。

「我必須承認，我對人缺乏信任，而且比較慢熱，要花很長時間，才能與人建立關係。」但研究員其後發現，Gianna 也有性格另一面，她心思細密，亦懂得照顧別人的感受。

「在我的小時候，爸爸因盜竊而入獄，媽媽後來因乳癌而離世；爸爸出獄後，性格變得十分暴躁，經常與我發生言語和身體衝突，我整個童年都在混亂中度過。」

Gianna 有一個心願，就是有朝一日可以擺脫父親，與婆婆追尋安穩和幸福的生活。因此，Gianna 努力讀書，而且成績不錯，幾乎每年都獲頒發學業成績獎。

中三那年，Gianna 獲老師委任為風紀隊隊長。在一次當值中，Gianna 發現同學把手機藏在抽屜中偷偷把玩；Gianna 不想

把事情鬧大，於是好言相勸，怎料卻被同學重重包圍，有人更對她動粗。這次事件發生以後，Gianna 便把自己收藏起來，她不與任何同學交往，只埋首學業。

高中時，Gianna 遇上了她的初戀情人，Gianna 十分珍惜這段關係；但男朋友後來遠赴澳洲升學，到了澳洲後，這位男孩卻結識了別的女友，Gianna 因此大受打擊，更變得不信任別人。

失戀以後，Gianna 失眠了整整一年，體重更急劇下降，她不再有動力上課，即使身在學校，亦如行屍走肉。2019 年夏天，Gianna 的婆婆亦因癌病去世，同年更發生了社會事件。Gianna 於是選擇拋低過去，隻身飛往台灣繼續升學。

Gianna 的志願是成為一名攝影師，透過鏡頭捕捉生命的火花，以彌補她人生的各種失望。

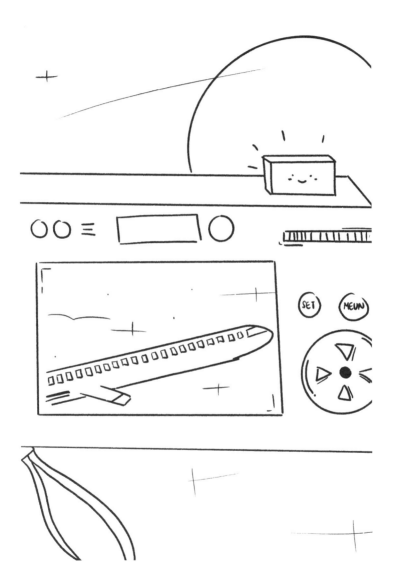

手機成癮 創傷後壓力症候群

朋友支持感

飲食失調

自困 尊擾 運動量 抑鬱
睡眠問題
寂寞

抗逆力 廣泛焦慮 反芻思考
衝動 家庭關係
神經質 社交焦慮

思覺過敏

54

強迫症的可取之處

19 歲的 T 是一名大學生，也是一位強迫症[18]患者。在研究人員的眼中，T 是一個不擅辭令、害怕與陌生人接觸的男孩。

T 表示，從幼稚園開始，他便已經出現強迫症的症狀。「讀幼稚園時，當其他小朋友專心玩玩具時，我卻忙於把玩具排列得井井有條。」

升上中學後，T 每天都會花兩至三小時，把房間打掃得清潔乾淨，才能令自己安心。

「有時候，我會為了一些小瑕疵而心緒不靈，只要書籍留下一點小污漬，都可以令我不快大半天。」T 説。

升上大學後，T 在一間社企餐廳當兼職侍應，T 向研究人員表示：「我從沒有想過，原來強迫症也有它可取之處。受強迫症的驅使，我會把樓面打掃得井井有條，把碗碟排列得十分整齊。經理對我的表現十分欣賞，我亦十分投入這份工作，而且樂在其中。」

　　T 的大學同學並沒有因為他的病況而疏遠他，反而鼓勵他積極尋求專業協助。現在的 T，正接受大學學生輔導處的輔導服務，並定期到精神科門診覆診。精神科醫生給他處方了一些減壓和平靜心情的藥物。

　　T 的強迫症的症狀稍微減輕，T 仍繼續服藥。

18　強迫症的主要病徵是出現不想要或煩擾的思想（即強迫思想）或重複行為（即強迫行為）。這些思想與行為會對患者構成干擾，影響患者的日常活動，消耗患者的時間與精力，並連帶出現情緒困擾。

有時候，我會為了一些小瑕疵而心緒不靈，
只要書籍留下一點小污漬，都可以令我不快
大半天。

—— T

反芻思考 廣泛焦慮 創傷後壓力症候群

寂寞 抑鬱 神經質

家庭關係 抗逆力

睡眠問題 手機成癮 飲食失調

自尊 運動量

朋友支持感 社交焦慮

思覺過敏 困衝動擾

55

自己的生命自己救

　　Aria 是一個大學生，因為混合焦慮抑鬱症[19]而停學半年。混合焦慮抑鬱症不但令她不能上學，嚴重時連自理能力也受到影響。

　　Aria 自小便有自閉傾向，難以融入社交圈子。由於 Aria 的行為有點怪異，例如她會重複觸摸自己的鼻子，令她經常成為同學取笑和欺凌的對象。Aria 不甘心自己沒有朋友，於是努力改善自己的社交技巧，在跌跌碰碰中度過了中學生涯。

　　升上大學後，Aria 面對的另一難題，是大學經常要進行分組討論；每當分組時，Aria 都給同學冷待。Aria 表示：「很多同學都不願意讓我加入成為組員，我經常被分配到一些被視為由『遺棄組員』組成的小組，這讓我感到十分沮喪。」

　　雖然 Aria 患有混合焦慮抑鬱症，但 Aria 並沒有放棄自己，她積極向精神科醫生尋求協助，並獲得醫生處方精神科藥物。但 Aria 的父母並不贊成 Aria 服藥，並把藥物收藏起來。Aria 表

示:「父母説這樣做是為我好,但我卻覺得自己的人生受到控制,連患病的權利也被剝奪。」

從此以後,Aria 不再相信父母,並拒絕與父母溝通,只是偷偷服用精神科藥物。由於 Aria 的抑鬱與焦慮症症狀持續,醫生建議 Aria 向大學申請停學半年。

在停學期間,Aria 開始利用繪畫表達自己的情緒,效果不錯;此外,Aria 亦向社工尋求協助,以處理與父母的緊張關係。

雖然生命遭遇連番挫折,但 Aria 仍積極面對;她摸着自己的鼻子向研究員説:「自己的生命自己救,這是常識啊!」

---

19 混合焦慮抑鬱症是香港最常見的精神健康障礙。混合焦慮抑鬱症指患者同時面對焦慮和抑鬱的困擾。混合焦慮抑鬱症與焦慮症或抑鬱症的最大分別,是混合焦慮抑鬱症的焦慮和抑鬱嚴重程度,不致構成獨立診斷。

父母說這樣做是為我好，但我卻覺得自己的人生受到控制，連患病的權利也被剝奪。

—— Aria

創傷後壓力症候群

朋友支持感

廣泛焦慮 衝動

神經質

家庭關係

困擾睡眠問題

手機成癮

飲食失調

反芻思考

思覺過敏

抗逆力

自尊

鬱

運動量

抑

社交焦慮

寂寞

56

對抗情緒病

文茵的性格比較柔弱，每次與男朋友發生爭執，她都不敢據理力爭，只會忍氣吞聲，經常感到委屈。

文茵與家人的關係十分疏離，可以交心的朋友亦不多，唯一支持她的人就只有男朋友，因此文茵十分珍惜與男朋友的關係。

文茵與男朋友在話劇團認識的，他們志同道合，同樣喜歡話劇；暑假時，更一起參加話劇團演出，分擔男女主角的角色，最後更變成情侶。

「但相戀不久，我們便不時發生爭執，他試過情緒失控，對我破口大罵，令我頓時不知所措，只懂低頭痛哭。」

經過多次激烈的爭吵，男朋友最終向文茵提出分手；文茵雖然多次挽留，但男朋友仍堅持分開，往後他便人間蒸發。

分手一事把文茵推向情緒谷底，令文茵萌生輕生的念頭。

最後經朋友介紹，文茵向私家精神科醫生求助，醫生給她處方抗抑鬱藥物。

「但服用了數星期抗抑鬱藥，病情依然沒有好轉，甚至情緒變得更低落，身體亦容易疲倦。」

話劇團的團友建議文茵不要依賴藥物，認為藥物不能紓解悲傷。其後，文茵便停止了服藥。精神科醫生於是轉介文茵與臨床心理學家會面，但因排期太久令文茵卻步。

話劇團的團友大多是性情中人，自從知道文茵企圖輕生，主動給予文茵陪伴與支持，文茵最後選擇靠着意志及社交支援，對抗情緒病。

文茵向研究員表示：「時間可能是最有效的療藥，經過兩年的時間，我漸漸把男朋友淡忘，並開始了人生新一頁。」

現在的文茵，正為中學文憑試做準備，研究員對文茵表示支持，並給予文茵衷心的祝福。

時間可能是最有效的療藥，經過兩年的時間，我漸漸把男朋友淡忘，並開始了人生新一頁。

——文茵

抑鬱

♥

運動量 手機成癮

廣泛焦慮 神經質 自尊感

朋友支持抗逆力

反芻思考 家庭關係 創傷後壓力症候群

困擾

寂寞 衝動

社交焦慮 飲食失調 睡眠問題 思覺過敏

57

找到第二個家

文軒性格十分開朗,對未來充滿盼望;在朋友眼中,他是一位健談、愛交際的大男孩。文軒在專業教育學院進修,修讀電腦及電子工程。原來燦爛笑容背後,文軒曾經歷破碎的青葱歲月。

「從我懂事開始,我便記得爸爸經常喝酒,喝醉後會亂發脾氣,有時更會向我動粗。一開始,我也嘗試反抗;但久而久之,我便變得麻木。我深刻知道,反抗也沒有作用;要逃離這個家,就只有一個方法,就是努力讀書,有了收入,便不用再依靠父親。」文軒對研究員說。

從中四開始,文軒便過着半工讀的生活;他白天上課,晚上、周末與周日,便替人裝修。文軒擅長油漆及鋪地板,幾經辛苦,他終於累積了足夠收入,在深水埗租了一間小房間,告別了家中的打鬧生活。

可惜好景不常,文軒油漆時,一不留神,竟然從鋼梯摔下

來，腿部嚴重受傷，需要開刀縫針，往後便不能再從事裝修工作。

文軒在醫院休養了一個多月，更患上抑鬱症。幸好文軒有一群要好的朋友，當文軒難以自理時，朋友們都紛紛伸出援手，輪流到醫院照顧文軒。沒多久，文軒終於從身體與心理的創傷中走出來；訪談之時，文軒已經完全康復。

「是否仍一個人住？」研究員問，文軒笑着回答：「現在住在女朋友的家，女朋友的父母很開明，願意接待我，並視我如親生兒子一樣，讓我找到第二個家。」

由離開家庭到找到第二個家，文軒這四年過得絕不簡單！

我深刻知道，反抗也沒有作用；要逃離這個家，就只有一個方法，就是努力讀書，有了收入，便不用再依靠父親。

—— 文軒

朋友支持感

飲食失調 衝動 自尊

手機成癮

運動量 社交焦慮 神經質

抑鬱 困擾

抗逆力 反芻思考

廣泛焦慮 家庭關係

寂寞 睡眠問題 思覺過敏

創傷後壓力症候群

58

人生實習生

Violet 熱愛日本文化，在大學修讀日本研究。就讀大學三年級的 Violet，選擇到日本京都留學一年，學習日本文化。「從未離開香港的我，就如一條多年被畜養的池魚，終於啟航，可以呼吸彼岸的自由氣息。」

Violet 向研究員表示，她是一個十分外向的人，「我喜歡向朋友傾訴心事，分享內心感受，我認為『交心朋友』才是值得交的朋友。」

Violet 性格開朗，十分健談，身邊經常圍着很多朋友。Violet 對家庭關係亦十分重視，她認為家庭關係是生命中最重要的東西。而家人之中，她最重視的是姨媽，Violet 與姨媽的關係十分要好。自從 Violet 的父母離婚以後，姨媽便擔當起照顧Violet 的角色。

Violet 十分崇拜姨媽，她認為姨媽無所不能，每當 Violet 遇上困難，都會向姨媽傾訴。Violet 留學日本的時候，依然不停透

過視像電話與姨媽保持連繫。

一天早上，Violet 的手機響起，原來是姨媽來電，姨媽告訴 Violet，愛犬 Jumbo 患了重病，整整三天拒絕進食。Violet 頓時感到心煩意亂，於是嚷着要立即買機票回家。怎料姨媽勃然大怒，斥責 Violet 太過玻璃心。

姨媽的說話有如一把鋒利的小刀，深深刺在 Violet 的心坎，她頓時情緒失控，在電話中與姨媽大吵一場。掛線後，Violet 的心情仍未平復。Violet 說：「我最重視的人，竟然用這樣的說話傷害我，我感覺自己的價值被全盤否定。」Violet 向研究員坦然承認，那一刻她想過輕生。

到了暑假，Violet 終於回到香港，她與姨媽重修破損的關係。回看這件事，Violet 笑自己真的太傻：「人的生命有時真的很脆弱，一時怒火便會失去理性，幹出一些可能後悔一生的事。」

Violet 最終以優異的成績完成大學課程，但 Violet 向研究員表示：「在人生的學校，我仍是一個實習生，需要不斷修練，才可以避免另一次跌倒的風險。」

睡眠問題　社交焦慮
家庭關係 抗逆力 運動量
　　　　　　　　　思覺過敏
抑鬱 廣泛焦慮
朋　　　　寂寞 衝動
友　困擾飲食失調 反芻思考 神經質
支　手機成癮
持　　　　　　　創傷後壓力症候群
感
自尊

59

分隔兩地

芳芬在單親家庭長大，今年就讀中三，年紀輕輕的她，已經非常成熟和獨立，遇到任何問題，她習慣一個人處理，不會依賴別人。

「我與爸爸相依為命，爸爸工作十分忙碌，早出晚歸，我便承擔起照顧家中弟妹的責任，生活的磨練讓我變得堅強、不容易哭。」

芳芬去年從內地隻身來港居住及上學，爸爸則留在內地繼續工作，而她寄居在親戚家中。與親人分隔兩地，芳芬每天只能透過視像電話與爸爸通話。

始終寄人籬下，芳芬有時難免會感到孤獨，但她選擇咬實牙關度過。

不幸的是，沒有爸爸在身邊，她竟然遇上一次非禮事件。有一天，當芳芬獨自乘電梯回家，一位老翁對她毛手毛腳；電梯

到了家中樓層，她便飛奔回家，立即把家中大門鎖上，並忍不住嚎啕大哭。

這件事發生以後，芳芬的情緒變得十分波動，她經常心情低落，做甚麼事也提不起勁；當學校社工知道芳芬的情況，便安排芳芬與精神科醫生會面，最後證實芳芬患上輕鬱症[20]。

「最初，我對與精神科醫生會面十分抗拒，我不太願意向陌生人透露自己的心事；但在精神科醫生循循善誘下，我終於打開心窗，勇敢地面對那件非禮事件，以及埋藏於心底的孤獨感。」

經過輔導及藥物治療，芳芬的現況出現明顯改善，情緒也漸漸穩定下來。「在療養期間，我認識了一大群願意互相支持的同路人，也結識了一個愛惜我的男朋友，他年紀輕輕，卻對我十分體貼。」

在訪談那天，芳芬有說有笑，坦白分享自己的經歷；與家人分隔兩地的她，似乎已經克服了孤獨，開展新生活。

---

20 輕鬱症是情緒障礙的一種，病徵包括：持續出現低度及慢性抑鬱，或出現情緒過敏，情況持續最少兩年。

在精神科醫生循循善誘下，我終於打開心窗，勇敢地面對那件非禮事件，以及埋藏於心底的孤獨感。

——芳芬

思覺過敏

家庭關係 寂 困擾
抑鬱
神經質 廣泛焦慮 寞

衝動 朋 自尊
反芻思考 友
支
睡眠問題 飲 持 手機成癮
抗逆力 社 食 感 創傷後壓力症候群
交 失
焦 調 運動量
慮

60

追尋知識夢

佩玉今年 20 歲，就讀大學心理學學士課程。她的父母是印尼華僑，佩玉在印尼接受小學及中學教育，在家中經常用英文和閩南話與家人溝通，佩玉的粵語只停留在懂聽而不懂說的程度。

2020 年，佩玉離開了家人和居住多年的印尼，隻身到香港修讀學士課程。佩玉對心理學有濃厚興趣，她的夢想是成為一位心理學家。來到香港以後，她發現香港的生活與印尼的生活十分不同，無論是授課方式、授課語言與生活節奏，都與印尼不太相同。

佩玉的性格本來就十分內向，到了香港以後，她發覺自己難以拓闊生活圈子。面對生活上的各種改變，佩玉花了很大努力，才適應香港的生活環境。只可惜禍不單行，正當佩玉以為自己開始習慣香港生活之際，新冠肺炎卻突然爆發。

佩玉的家更傳來了惡耗，佩玉的父母及妹妹在印尼染上了新冠肺炎，佩玉頓時感到十分無助，每天只有擔心，更難以入

睡，也缺乏胃口。幸好她身邊一位曾接受大學輔導服務的同學，鼓勵她向大學輔導處求助，輔導處為佩玉安排了一位心理輔導員跟進她的情況。

經過密集的輔導及朋友的陪伴，佩玉漸漸走出情緒低谷，並重拾生命的動力，可以重新面對生活的挑戰。她繼續在大學追尋她的心理學知識夢。

每天只有擔心，更難以入睡，也缺乏胃口。

—— 佩玉

抗逆力 思覺過敏 廣泛焦慮

神經質 衝動

社交焦慮 朋友支持感 自尊 困擾

寂寞 家庭關係

睡眠問題 創傷後壓力症候群 飲食失調

手機成癮 反芻思考 運動量

抑鬱

61

不要放棄

秋玉是一名 15 歲的女生,就讀中三,秋玉的小學成績一向名列前茅,亦和朋友相處愉快。但自從升上中學後,秋玉便與小學認識的同學各散東西;失去了昔日的友伴,令秋玉感到十分失落。

秋玉在學業上也遇上其他困難,秋玉對研究員說:「中學的課程比小學課程艱深很多,同學的表現都比我好,我的成績便相形見絀。」從過去獨佔鰲頭的「學霸」變成現在成績僅僅合格的苦學生,令秋玉飽受壓力,每天都過得不開心,並且失去了讀書和生活的動力。

當壓力無處釋放,積聚的壓力便對精神健康產生影響。她不但睡眠質素變差,胃口轉差,嚴重時更會出現尋死的念頭。

秋玉表示:「這種尋死的想法一旦在腦海出現,便不容易消散,有時會持續幾小時,有時更會持續好幾天;強烈的時候,腦海彷彿有把聲音,不停催促我,不如了結自己的生命,一切的痛

苦便會迎刃而解。」

　　為了排解這種心情，秋玉更會用鎅刀或大頭針傷害自己，直至手腕流血才停手，這種狀態維持了兩個月之久；直至父母發現秋玉有些不對勁，便帶她看家庭醫生，最後更轉介精神科接受治療。

　　經歷了生命一連串波折，秋玉感嘆地說：「現在的我，正努力面對轉變，畢竟學習環境已經改變，我不能用過去的尺量度自己。此外，我也會與小學認識的同學定期見面，逛街也好，打機也好，都會令我回憶起彼此有過的美好歲月。」

　　秋玉最後說：「這份溫暖彷彿不停地鼓勵我：秋玉，不要輕言放棄啊！」

我也會與小學認識的同學定期見面，逛街也
好，打機也好，都會令我回憶起彼此有過的
美好歲月。

——秋玉

睡眠問題

社交焦慮

思覺過敏

寂寞

廣泛焦慮

家庭關係

困擾

抑鬱

飲食失調

運動量

朋友支持感

創傷後壓力症候群

手機成癮

抗逆力

衝動

自尊

神經質

反芻思考

62

開始討厭自己

訪談開始時，Lily 便向研究員説：「在成長階段，我可説是一帆風順，並沒有甚麼煩惱。」Lily 生於小康之家，從小父母便給 Lily 各種學習機會，讓她接受良好教育；Lily 更憑着優良的公開考試成績，順利入讀大學，成為物理治療學系一年級學生。

Lily 表示：「怎知事與願違，本以為大學生活十分美好，但原來課程內容十分艱深；在物理治療的課程中，我除了學習人體結構，更要掌握複雜的肌肉組織和運作原理。最困擾我的是，與同系的同學相處不來。」

在人際關係及學業的雙重壓力下，Lily 的精神健康急轉直下，更染上了暴食的習慣。「每當壓力累積到一個無法承受的地步，我便會在短時間內進食大量食物，暴食能夠帶給我暫時的釋放；但當壓力愈來愈大，暴食的頻率及份量也變得愈來愈多。當照鏡時，發現自己體重和身形走了樣，我便開始討厭自己。」

自此以後，Lily 便在暴食和討厭自己之間循環往返，沒完

沒了。

　　接受訪談之時，Lily 正接受心理治療，並開始了行山及做瑜伽的習慣。Lily 說：「我正努力學習與壓力共存，當然有時也會忍不住把食物塞進口中；但我知道這對解決問題沒有幫助，積極面對才是上策。」

當然有時也會忍不住把食物塞進口中；但我知道這對解決問題沒有幫助，積極面對才是上策。

—— Lily

飲食失調

創傷後壓力症候群

神經質朋友支持感

抑鬱 睡眠問題

? 思覺過敏

困擾 抗逆力 家庭關係動

運動量 廣泛焦慮

社交焦慮

自尊 衝

⚡ 寂寞

手機成癮

反芻思考

63

噩夢連連

Riley 說自己是個敏感的人。「自從升上大專，我便開始每晚發噩夢，每次都會驚醒。噩夢的內容都與當天接收的資訊有關，例如日間在電視看到有人行山時遇到意外，我便會夢見自己行山時發生意外；如在網上看到別人遇襲的短片，夢中我也會成為遇襲者。」

Riley 表示，由於夢境的內容都非常真實，醒後他仍猶有餘悸。「初時我以為自己因為生活壓力太大，或性格太過敏感，才會過分代入這些資訊內容；但隨着發夢的次數增多，並且夢到以前在中學被人欺凌的情況，我便知道出現這些夢境並非沒有原因。」

從中二開始，Riley 便被同學欺凌，男同學更對他人身攻擊，取笑他的身形和樣貌。Riley 當時曾因為欺凌問題而多次曠課，更因此患上抑鬱症。後來 Riley 成為一名基督徒，他的人生觀出現重大轉變，並原諒了過去曾經傷害他的人。

Riley 表示：「在很多人眼中，我是一個樂於助人、懂得包容、積極樂觀的基督徒；但原來我的性格也有另一面，我以為自己不記仇，但原來仇恨已經烙印在我的心中，夢境內容便是真實的寫照。」

研究員問 Riley：「經歷這一切，你會否對人感到失望？」Riley 表示：「神愛世人，祂愛好人，也愛歹人，所以我也要接納那些傷害過我的人，我對人還是存有希望的！」

Riley 的志願是成為一名基督徒老師，在校園作和平使者。

睡眠問題

自尊

手機成癮

創傷後壓力症候群

社交焦慮

思覺 過敏

家庭關係

抗逆力

寂寞

飲食失調

廣泛焦慮

朋友支持感

運動量

困擾 反芻思考

抑鬱

衝動

神經質

64

自己一個更開心

梧桐的個性較為文靜，並且容易害羞。儘管梧桐說話不多，但她對很多事物都有自己的看法。研究員問她為何那麼有主見？梧桐回答：「可能因為我喜歡閱讀，平日我會閱讀不同種類的書籍。」

從梧桐口中，她似乎喜愛書籍多於喜歡接觸人。梧桐向研究員表示：「我認為人與人之間不應走得太近，需要保持適當的距離，並預留空間給大家，讓每個人都可以做自己喜歡的事。」這是梧桐的人際關係哲學。

梧桐是一名來港五年的新移民，在一所國際學校讀書，同學中有本地生，也有其他國籍的學生。在香港生活五年，梧桐的廣東話已逐漸進步，並且能應付一般日常對話。

梧桐向研究員表示：「起初來到香港讀書，會有些力有不逮的感覺；由於聽不懂英文，學習進度大大落後於人。我要從基礎做起，在聽、讀、寫、講四方面不斷努力，才能在考試中獲得合

格成績。」

談到社交，梧桐坦言在學校沒有幾個朋友；雖然間中會與鄰座的同學閒聊幾句，但話題大多圍繞學業，並不涉及生活話題。

「同學喜歡的事物與我大相徑庭，別人喜歡打機，我卻喜歡閱讀，我對大多數人的話題半點興趣也沒有。」學校附近的流浪貓，反而成為了梧桐的良伴；每天午飯時間，梧桐都會與流浪貓為伴。

缺乏社交生活，似乎並沒有對梧桐造成任何困擾；整個訪談過程中，梧桐都表現得很快樂，言談間更流露出機智與幽默的一面。

一個人的生活方式沒有對梧桐構成壓力。「自己一個更開心。」這是梧桐經常掛在嘴邊的一句話。

同學喜歡的事物與我大相徑庭，別人喜歡打機，我卻喜歡閱讀，我對大多數人的話題半點興趣也沒有。

—— 梧桐

飲食失調

運動量

社交焦慮

創傷後壓力症候群

困擾

抗逆力

神經質

反芻思考

衝動

廣泛焦慮

朋友支持感

家庭關係

自尊

手機成癮

睡眠問題

抑鬱

思覺過敏

寂寞

65

展現生命能耐

Grace 是一個 19 歲的女學生，現正就讀中四。讀中三時，Grace 曾被一班男同學欺負，令她感到十分困擾。Grace 最終忍受不了這些男生的滋擾，決定向男班主任求助，班主任答應為她主持公道；但事後這些男同學不但沒有收斂他們的霸凌行為，反而變本加厲，令她百思不得其解。

直至有一天，當 Grace 親眼看見這位男班主任與那群男生肩並着肩聊天，並且一起抽煙，她才明白這位男班主任與這群男生朋比為奸。Grace 覺得世界上再沒有她可以信任的人，便決定退學。

退學後，Grace 當過薄餅店店務員、餐廳侍應及酒店餐飲部侍應，這些工作讓她看清社會的黑暗面，原來到處都有黑暗的地方，不是搞小圈子，就是在背後互相攻訐，於是 Grace 便萌生回歸校園的念頭。

「當我向家人提出想重返校園，家人並不太支持我的想法，

他們認為我荒廢學業多年，可能應付不來。但我仍然堅持要回校繼續升學，縱使同時要兼職和讀書，我也願意一試。」

雖然追求學問的路途並非一帆風順，但猶幸 Grace 後來遇上一位很好的班主任，他對學生十分包容，而且對 Grace 重新讀書的勇氣表示鼓勵和欣賞，這成為了 Grace 堅持下去的最大推動力。

離校時 Grace 只有 15 歲，如今她已經 19 歲，四年後再上征途，確實需要很大的勇氣和毅力；但 Grace 展現的生命能耐，連家人也大為讚歎，對她完全改觀。

我仍然堅持要回校繼續升學，縱使同時要兼職和讀書，我也願意一試。

—— Grace

神經質

朋友支持感

寂寞

廣泛焦慮

創傷後壓力症候群

抗逆力

反芻思考

運動量

家庭關係 思覺過敏

自尊 手機成癮 衝動困擾 ☹

飲食失調

社交焦慮

抑 睡眠問題

鬱

66

自己的天空

　　言佑是一名大學生，閒時喜歡思考哲學問題，而且十分好學，喜愛閱讀各種哲學書籍。「我從小便覺得自己跟別人的思考方式不同，所以很難找到志同道合的朋友；雖然有幾個比較熟絡的友伴，但如果可以選擇，我還是比較喜歡獨處，一個人的時候，可以靜靜地思考，比較自在。」

　　升上中學後，言佑開始發現自己每次在同學面前說話，都會感到十分緊張；不但手心冒汗，腦海更會一片空白，情況在升上大學之後更甚。「升上大學後，大大小小的 project 需要與同學合作，令我感到十分吃力；我與其他同學的思考方式好像不太一樣，與大多數人溝通不來。」每當言佑需要進行口頭報告，他會整整一晚不能入睡；不停在腦海中重複報告內容，更擔心在同學面前出醜。

　　除此以外，言佑亦自覺不懂得跟異性相處，他覺得女性的想法很難懂；從未拍拖的他，卻堅持寧缺勿濫。言佑認為，如果可以找到適合的人，他會嘗試與對方發展戀愛關係；但可惜的

是，言佑的社交圈子十分狹窄，總未能碰上一個想法和他差不多
的人。

　　喜歡哲學的言佑，對於死亡有他獨特的見解。他自言自己
的性格比較悲觀，有時會質疑人生在世的意義和價值，但言佑強
調，自己從來沒有自殺傾向，只是喜歡從哲學角度思考死亡。

　　最近言佑開始發現，想得太多未必是一件好事。「我不停作
出自我反省，反而令我容易陷入抑鬱的情緒。」現今的言佑，正
努力學習保持生活平衡，在讀哲學書籍之餘，他也會做運動，並
且學習一些解決問題的方法。

　　雖然言佑一直強調，在很多人眼中，他是一個「怪人」，但
在研究員的眼中，言佑卻是一個十分有主見的青年人，只是他看
到的天空，是很多人看不到罷了。

朋友支持感

自尊 寂寞

抗逆力 運動量

抑鬱

家庭關係 創傷後壓力症候群 社交焦慮

思覺過敏 睡眠問題 困擾

神經質 飲食失調

廣泛焦慮 手機成癮

反芻思考 衝動

67

開朗與抑鬱之間

　　以蕊是一個活潑開朗的中六女生，她第一次與研究員會面，便熱情有禮地向研究員問好。當研究人員問她有沒有接受過任何精神健康服務或確診任何精神疾病，以蕊遲疑了幾秒，然後輕聲說：「有。」

　　以蕊小六時便確診患上自閉症，她不懂得如何跟別人相處，與任何人都難以建立關係，更遑論向別人表達自己的感受。研究員留意到以蕊在訪談期間，甚少與研究員有眼神接觸；當研究員要求她描述一些內心的感受，她往往有些遲疑。

　　「我有一種心理習慣，就是把所有物件排列得整齊。每隔兩三天，我便打掃房間一次，執拾衣櫃裏的衣服，亦會為每一個電腦文件檔案貼上 label。」

　　中三那年，以蕊確診患上抑鬱症。「有幾次我忍不住哭起來，但說不出傷心的理由，甚至不知道這是傷心的感覺。」以蕊指出，缺少宣洩的渠道，可能是她患上抑鬱症的原因。

以蕊接着解釋：「那時正值預備學校分科試，家人給我很大壓力；加上我對自己的要求很高，導致壓力『爆煲』，並出現了抑鬱的症狀。」

研究員邀請以蕊描述一下當時的情緒狀況，以蕊遲疑了幾秒，然後說：「那時的我，每天對溫習都提不起勁。上課時，也未能集中精神聽老師授課。每晚都會出現失眠，久久不能入睡。每天都要拖着疲累的身軀回校上課，上課時又會無緣無故哭泣。」

以蕊從那時開始，便看精神科醫生，以及服用各種精神科藥物。到了訪談的尾聲，以蕊向研究員表示：「我的抑鬱症或許是自閉症造成的，很多患有自閉症人都會有抑鬱的傾向。」

以蕊說了這句話之後，似乎放下心頭大石，並再次展現燦爛的笑容。「我始終不太習慣向陌生人表達自己的感受。」研究員說：「明白的。」

每天都要拖着疲累的身軀回校上課，上課時又會無緣無故哭泣。

—— 以蕊

思覺過敏

反芻思考

睡眠問題　自尊

創傷後壓力症候群

廣泛焦慮

家庭關係

手機成癮

社交焦慮

抗逆力

抑鬱

寂寞　朋友支　持感困擾

飲食失調　運動量

衝動　神經質

68

密室的回憶

Willow 是一名半工讀學生，她除了晚上上課，更與友人合作經營網上商店，售賣自己製作的首飾。她的首飾設計別致，給人既高貴又有點冷傲的感覺。

Willow 很久以前曾到美國留學，並報讀紐約一所知名學府的設計課程。紐約濃厚的創作氣氛沒有令她失望，Willow 在那裏認識了不少熱愛藝術的同學和朋友，更認識了當地一名華僑。

這名異邦男子假借幫助 Willow 提升英文能力，故意親近她，後來更把她禁錮在家中一個密室。Willow 向研究員表示，事情細節她不願多談，但那是一生難以釋懷的一件事。

回港後，Willow 報讀了本地大專院校舉辦的晚間設計課程。「可惜入學不久，我便發現自己無緣無故感到驚慌，每當有男同學坐到我的身邊，我便會不停顫抖，那段密室回憶隨即如電影畫面在腦海浮現，我不但不能專心上課，更想立即離開現場。」

　　此外，每次課餘有男同學跟她閒談，她都會感到驚慌，並借故避開，盡量避免接觸家人以外的男性。後來 Willow 勇敢踏出第一步，積極面對那次創傷經歷。她利用網上賺來的零用錢，向私人臨床心理學家尋求協助。

　　Willow 向研究員表示：「我知道錯不在我，只是那個人對我有不軌企圖，只怪遇人不淑。」經過漫長的治療，Willow 終於從恐懼與顫抖中走出來。今日的 Willow，雖然依然對男性存有恐懼，但她已經可以忍受與男性交談，不會毅然離開。Willow 每兩星期仍接受一次治療，期望終有一天可以完全康復。

我知道錯不在我，只是那個人對我有不軌企
圖，只怪遇人不淑。

—— Willow

廣泛焦慮

家庭關係

抗逆力

思覺過敏

自尊

衝動

手機成癮

飲食失調

創傷後壓力症候群

社交焦慮

朋友支持感

抑鬱

運動量

神經質

寂寞

反芻思考

睡眠問題

69

家庭驟變

Matthew 今年剛剛滿 22 歲，自小父母離異，母親很早便已離家，另組新家庭。當 Matthew 讀中三那年，父親更突然人間蒸發，往後便再也找不到父親的影蹤。

Matthew 向研究員表示：「父親的離去令我的生活起了翻天覆地的變化，我開始覺得上學再沒有甚麼意義，我不知生活為了甚麼？亦不想再循規蹈矩。幾個月後，我索性退學，直接投身社會工作。」

數年轉眼過去，Matthew 幾乎沒有一份長期而穩定的工作。他總是不停轉換工作，而社交圈子更愈來愈窄，僅剩下屈指可數的數個朋友。一年多前，他發覺自己變得愈來愈多疑，總認為身邊的人在私下談論他或注視他，令他常常感到不安和受到威脅，有時更因此與同事交惡。

除此之外，Matthew 更無法區分夢境與現實，有時會將夢境當成曾經發生的事，繼而引起不少生活上的誤會；例如他在夢中

與人發生爭執，醒來後，他便誤以為對方對他懷有敵意，並因此大感困惑。就在此時，他更因疫情緣故被老闆解僱，頓時陷入失業狀況。

種種生活及心理壓力令 Matthew 不勝負荷，對人的疑心更愈來愈重。Matthew 遂將這些不安感覺與社工分享，社工於是建議他到精神科求診；經醫生診斷，確診他患上思覺失調，需每日服藥及定期覆診。

藥物有效控制 Matthew 的病情，不安和混亂的感覺亦大幅減少。此外，社工也介紹 Matthew 加入成為精神健康綜合社區中心的會員，讓他可以認識更多同路人，有需要時也可以尋求專業協助。

訪談之時，雖然 Matthew 仍未找到新工作，但他的精神狀態已漸趨穩定；Matthew 不再孤立自己，並與幾個中心會員定期見面，研究員相信 Matthew 很快可以展開新生活！

父親的離去令我的生活起了翻天覆地的變化，我開始覺得上學再沒有甚麼意義，我不知生活為了甚麼？

—— Matthew

神經質

衝動

手機成癮

朋友支持感

思覺過敏

困擾

抗逆力

自尊

廣泛焦慮

睡眠問題

反芻思考

社交焦慮

寂寞

運動量

抑鬱

創傷後壓力症候群

家庭關係

飲食失調

70

吸毒之路

　　堅果是一位 18 歲的青年人，表面看來，堅果與其他同齡的香港青年人沒有甚麼分別。訪談時，堅果穿上一件非常時髦的外套，他給研究員的初步印象，是一個活潑開朗的男孩。堅果現在就讀於本地一間設計學院，學習進度和同學關係都不錯。閒時他會跟友人組織樂隊，一起唱歌，一起練習。不過，原來堅果在中三時有過一段不光彩的歲月，他染上了毒癮。

　　堅果表示：「我從小已經在一個充滿毒品的環境中長大，我的父親一直有吸毒的習慣，父親更因此曾經坐監。」很不幸，堅果在中三的時候，竟然走上父親的舊路，與一班小學認識的朋友開始吸食毒品。堅果在 15 歲時因為吸毒而被捕，在戒毒所接受兩年治療；幸好堅果在戒毒所認識一班良師益友，及後更接受社工的輔導，堅果於是漸漸擺脫毒品的控制和引誘。

　　當研究員問到戒毒的過程，堅果坦誠地說：「其實一開始頗辛苦，因為我的身體已習慣了毒品在血液流動，所以無法調節至

無毒的狀態；不過在戒毒過程中，遇上一班與我有相似經歷的同路人，他們以過來人的身份鼓勵我，令我對戒毒有信心，並相信自己有一天可以戒除毒癮。」

接近訪談的尾聲，堅果向研究員表示：「我期望畢業後可以盡快找到工作，承擔照顧家庭成員的責任；畢竟家中有一個 8 歲大的弟弟，他正就讀小學。我會盡我所能，好好照顧和保護弟弟。我真的不想他走我和父親走過的的舊路。」研究員聽得出堅果對弟弟的承諾十分真誠，並深深感受到他內心展現的迫切性；堅果嘗過毒品的禍害，因此十分着緊弟弟所走的每一步。

朋友支持感

家庭關係

自尊

飲食失調

抑鬱

寂寞

衝動

廣泛焦慮

思覺過敏

反

創傷後壓力症候群

芻

睡眠問題

思

神

運動量

考

經

困擾

質

社交焦慮

手機成癮

抗逆力

71

釋放心中的恐懼

　　思柔是一名 18 歲的女生，自小成績優異，一直是同學的學習典範。老師形容思柔個性文靜，容易害羞，是一個十分有禮貌的女孩。思柔比較慢熱，但熟絡之後，思柔便願意開放自己，與研究員分享自己的一切。

　　小學的時候，思柔並不太懂得與別人溝通和相處，所以身邊一直沒有很多朋友；到了初中，情況一直沒有改善。後來思柔轉到九龍塘一所頗有名氣的中學升學，她希望重新開始，改變自己害羞的性格。思柔下定決心，在開學的第一天，積極與同學打招呼，向同學介紹自己。可惜事與願違，在開學的首天，當思柔踏進學校大門，便突然感到身體不適；不但心跳加速，更手心冒汗，甚至有種快要失去意識的感覺。老師看到這種狀況，便立即帶思柔到學校醫療室休息，思柔的身體才漸漸回復狀態。後來思柔與學校社工見面，社工向思柔反映，她的情況可能與驚恐症有關，於是轉介她接受精神科治療。

開學後整整一個月，思柔都沒有上課，只是留在家中休養，以及定時覆診。在精神科醫生與心理學家的協助下，並經過多次療程，思柔漸漸有信心走出恐懼的陰霾，可以重新踏進校園。當研究員問到思柔戰勝驚恐症的秘訣，思柔表示：「向醫生與心理學家敞開心扉十分重要，當一個人時，也可以嘗試把心中的恐懼寫下，或大聲說出口，只要願意面對，驚恐症是可以克服的。」思柔在學校結識了一群要好的朋友，終於告別了那段孤單與恐懼的日子。

向醫生與心理學家敞開心扉十分重要，當一個人時，也可以嘗試把心中的恐懼寫下，或大聲說出口，只要願意面對，驚恐症是可以克服的。

——思柔

思覺過敏

困擾

抗逆力

睡眠問題

衝動

運動量

神經質

社交焦慮

朋友支持感

抑鬱

反芻思考

飲食失調

自尊

廣泛焦慮

手機成癮

家庭關係

寂寞

創傷後壓力症候群

72

傷感調子

25 歲的紹聰，兩年前因為疫情失業，勉強靠綜援過日子。

紹聰中五開始，便自己一人生活。紹聰向研究員說：「小時候，父母的關係十分惡劣，整天都大吵大鬧。在我升上中學後，他們便簽紙離婚，之後我便跟爸爸一起生活。由於爸爸長期酗酒，他對我的態度亦十分惡劣，一不稱心便會對我動粗。後來他更因肝癌病逝，我便開始一個人生活。」

紹聰中六畢業後，便沒有繼續升學，為了應付生活開支，他選擇出來工作。紹聰每天早上六時從屯門乘車上班，深宵才回家，生活十分困苦，但尚算能夠維持生計。「但自從疫情開始，我便被老闆解僱，由於我沒有其他工作技能，只能到地盤打一些『散工』，後來更患病。」紹聰口中的「病」是指精神困擾；生活的壓力，加上缺乏人際支持，紹聰的精神狀況出現了變化。大約一年前，他開始出現幻覺與幻聽，他聽到一把女聲不停跟他說話，催逼他走出馬路。此外，他又感到皮膚上不停有類似「毛毛

蟲」的物體在爬動。

　　幸好社工適時介入，把他的個案轉介到精神科，往後他便在精神科醫院或診所進進出出，也難以維持穩定的工作。在跟進面談中，研究人員透過電話與紹聰交談，紹聰沒精打采地補充了一些資料，說很疲累便掛了線。研究員深深感受到他的脆弱與無奈。每個人都會帶着自己的故事來到研究人員面前，細訴自己的過去，每段故事有喜亦有悲，紹聰的故事似乎悲多於喜，並帶着揮之不去的傷感調子。

小時候，父母的關係十分惡劣，整天都大吵大鬧。在我升上中學後，他們便簽紙離婚，之後我便跟爸爸一起生活。

——紹聰

飲食失調 神經質 家庭關係

社交焦慮困擾 寂寞

反芻思考 衝 朋友支持感

自尊 動 抑鬱

思 手機成癮

睡 覺 創傷後壓力症候群

眠 過 運 廣泛焦慮

問 敏 動 抗逆力

題 量

73

奇怪的想法

24歲的米爾認為自己是一個很糟糕的人，米爾表示：「我腦袋經常會閃出不當的想法，例如想觸摸女性或脫去女性的衣服。」米爾給研究員的印象，是他擁有冷靜而平穩的性格。米爾雖然屬於少數族裔，但他講述自己的情況時，用字精準，表達非常清晰。

米爾向研究員坦然承認：「我曾因為這種奇怪的想法向輔導員求助，但輔導員只是勸我放鬆一點，並沒有提供實質的幫助。」近年，米爾的心理問題變得愈來愈嚴重，當他在大街上遇到女性，特別是聽到女性溫柔的聲音，他的腦袋都會閃出一把聲音：「不妨摸一摸她們。」雖然米爾沒有付諸行動，但這想法已令他膽顫心驚。

米爾形容每次外出都是一次煎熬。有一天，他在港鐵上閉目養神，突然有一位女性坐在他的身邊，他隨即感到極度恐懼，腦袋又不期然浮現那把聲音：「或許是時候摸一摸她的身體。」

這個奇怪的想法一直縈繞不去，直至那位女乘客下車才停止。同一天晚上，他到餐廳吃飯，有位女侍應經過，這種奇怪想法又再閃現，他便立即逃離現場，久久未能平復心情。

米爾向研究員表示，他對自己這種想法感到十分不解和羞愧，這種衝動亦嚴重影響他的正常生活。當研究員問米爾為何會有這種衝動，他低頭說：「或許因為自己從未戀愛過，或許不知如何處理自己的情慾，或許我是少數民族，這些不正常的想法才會在腦海落地生根。」

接近訪問尾聲，米爾補充了一句話：「不要以為我們的民族歧視女性，我們其實十分尊重女性，這些想法與我們的民族價值觀不符。」米爾在香港的朋友不多，而且大部分是男性；作為少數族裔的一員，他向研究員投訴找女朋友十分困難。米爾表示：「大多數香港女孩十分高傲，看不起我們，根本很難在香港找到一位正常的女孩子做女朋友。」由於已接近黃昏，米爾向研究員表示要回家吃飯，訪談便到此結束。

或許因為自己從未戀愛過，或許不知如何處
理自己的情慾，或許我是少數民族，這些不
正常的想法才會在腦海落地生根。

—— 米爾

思覺過敏

創傷後壓力症候群

困擾 自尊

飲食失調

社交焦慮 衝動

廣泛焦慮 手機成癮

寂寞 朋友支持感

睡眠問題 抑鬱 運動量

家庭關係 神經質 抗逆力

反芻思考

74

家鄉的記憶

「我幾乎每天都有想死的念頭，但我知道自己絕對不會實行的。」24 歲的阿南，以輕鬆自若的態度跟研究員說。

阿南是一位南亞裔新移民，他離鄉別井到香港生活，目的是拋低痛苦的家鄉回憶，並在一個新地方開展新生活。在香港，他總算可以找到一處可以安居樂業的地方。

阿南表示，他從小在偏遠的鄉村長大，曾面對各種天災人禍，更多次目睹軍民毆鬥，水災威脅更是司空慣見，他曾看見十多具屍體在河上載浮載沉。

雖然阿南談論創傷事件時輕鬆自若，但研究員深深感受到，恐怖的畫面似乎仍留在他的心坎中，恍如昨天。在香港，阿南曾被無良僱主要求超時工作及壓低薪金；面對種種生活壓力，他曾患上抑鬱症和焦慮症。但由於難以負擔高昂的治療費用，他沒有認真去跟進自己的精神困擾。後來阿南參加了香港大學精神醫學團隊提供的免費諮詢服務，總算獲得一點協助。

接近訪談尾聲，阿南表示，他參加這個研究計劃，是想為香港少數族裔發聲，反映一下少數族裔的悲慘情況。

阿南在香港讀中學，在香港工作，算是半個香港人；但與南亞鄉親相聚時，話題總圍繞着家鄉發生的一切。似乎有些事情，縱使拋低了，也會一生伴隨着你。

我幾乎每天都有想死的念頭，但我知道自己
絕對不會實行的。

—— 阿南

手機成癮 自尊

廣泛焦慮 家庭關係 抗逆力 抑鬱

飲食失調 睡眠問題

運動量 神經質 思覺過敏 朋友支持感

寂寞

社交焦慮 衝動

創傷後壓力症候群 反芻思考 困擾

75

落霞的金句

雖然落霞在訪談時仍是青春少艾，但臉孔卻流露着點點滄桑。

三年前，落霞的媽媽離世，對落霞造成沉重的打擊。自此以後，落霞便經常聽到一把聲音，這把聲音不停責備她，說媽媽的死都是她一手造成。

落霞飽受這把聲音折磨，生活起了翻天覆地的變化。落霞對研究員說：「因為這把聲音，令我無法專心上課，成績更一落千丈；整個人變得恍恍惚惚，健康亦每況愈下。」

日子慢慢過去，落霞對媽媽的思念有增無減，對未來亦感到絕望。她最後萌生了自殺的念頭，兩年前，落霞嘗試結束自己的生命；在自殺前一刻，幸好落霞的好友趕到現場，把她救回。最終落霞保住了自己的性命。

落霞入院後，這些好友亦定期到醫院探望她，並鼓勵她：

「不要放棄啊！等你出院後，我們再到海洋公園一起遊玩。」

雖然自殺不遂，落霞卻在醫院住了兩個多月，醫生說落霞除了有自毀的傾向，更出現思覺失調的症狀，需長期接受藥物治療。醫生替落霞細心調校藥物的種類和份量，以減低藥物對落霞產生的副作用。

經歷了這一切，當落霞憶述這一段經歷時，並沒有流露一絲苦澀；她笑稱經過兩個多月的療程，讓她掌握了每種藥物的名稱及服用劑量，可以當半個精神科醫生！

研究員問落霞如何度過這一年艱辛的日子？落霞說：「最痛苦的時候，我將痛苦放在心中某個角落，與它共存。」這句話後來更成為落霞面對痛苦的座右銘。落霞常常把這句「金句」掛在嘴邊，碰到同路人便與他們分享。

受精神障礙的影響，落霞已經整整一年多沒有上課，只是在工聯會報讀護理員基礎證書課程。落霞坦然承認，直至今天，她仍會出現情緒波動，亦會閃過自殺的念頭，但她可以控制住這份自毀的衝動。

訪談接近尾聲，落霞向研究員說：「完成護理員課程後，我希望將來可以再進修；我的志願是成為社工，支援及照顧那些有同樣經歷的人。」

最痛苦的時候，我將痛苦放在心中某個角落，與它共存。

—— 落霞

手機成癮

神經質　♥　抑鬱　思覺過敏
自尊　朋友支持感　　運動量
寂寞　困擾
　　　　　　飲食失調
廣泛焦慮　睡眠問題　創傷後壓力症候群
　　　家庭關係　抗逆力　反芻思考
　　　　社交焦慮
　　　　衝動　⚡

76

二次傷害

Daniel 是一名中三學生，Daniel 向研究員表示：「我在學校沒有朋友，放學後便獨自回家。」

Daniel 讀中二時，因為一些事情而遭到全班同學杯葛，其後 Daniel 便選擇與同學保持距離。「自那件事發生以後，我便不再與身邊的人接觸；久而久之，我便完全喪失了社交能力。」

小息時，Daniel 會獨自跑到圖書館，避免與人接觸；聖誕聯歡會或周年旅行，他也會裝病逃避出席。但 Daniel 的內心其實非常矛盾，Daniel 說：「有一次，我在圖書館看到同學三五成群，一起溫習，一起交流，我便一時感觸落淚。」

後來 Daniel 證實患上社交焦慮症 [21]，當研究員問 Daniel 社交焦慮症是甚麼一回事？Daniel 便舉了一個例子：「有一次，我忘記帶文具，想向鄰座的女同學求助，但不知為何，我卻開不了口；心裏只是不斷盤算，如果我提出要求，對方會有何反應？會不會覺得我很愚蠢？會不會覺得我很討厭？會不會拒絕我的請

求？」

Daniel 補充説，初中的他，其實是一個外向和健談的人，只是發生了那件事之後，令他在社交上出現了障礙。「那是關於一次地理測驗，我發現鄰座的男同學在作弊，我便暗地向老師舉報；但有一個同學發現了，便在班裏散播謠言，説我為了取悅老師，才做出這種邀功行為，一些同學於是集體杯葛我，不和我説話，不和我交往，很多活動也沒有我的份兒。」

經社工介入，Daniel 鼓起勇氣，向那些針對他的同學釋出善意，但換來的卻是同學冷淡的反應。Daniel 於是對人完全失去信心，自此便一個人獨來獨往。

「這是二次傷害。錯不在我？為何他們這樣對待我？」現時 Daniel 仍接受社工和心理學家的協助，學習面對社交焦慮的應對方法。研究員祝福 Daniel 早日克服心魔，最終可以找到一些可以信任、可以交心的朋友。

---

21 社交焦慮症是焦慮症的一種，患者對一種或以上的社交處境，出現明顯的恐懼。

自那件事發生以後，我便不再與身邊的人接觸；久而久之，我便完全喪失了社交能力。

—— Daniel

創傷後壓力症候群

睡眠問題　自尊　抑鬱

抗逆力

飲食失調　朋　神經質　手機成癮

家庭關係　友　廣泛焦慮

衝動　支　社交焦慮

運動量　持　寂寞　反芻思考

思覺過敏　感　困擾

77

工作的初心

　　浩溫生於小康之家，是家中的獨子，亦是家中第一位大學畢業生。浩溫向研究員表示：「自從大學畢業後，我便投身青年工作，我喜歡與青年人接觸，憑着自己的創意和毅力，工作了三年便被上司賞識，晉升為中心副主任。」

　　然而近兩年發生的事情，卻令浩溫意志消沉，而且出現了輕微的抑鬱症狀。「上司對我的要求很高，他要求我滿足中心的關鍵績效指標。為了達標，我硬着頭皮推行了一些不太受同事歡迎的發展計劃，為的是推高服務人數；以往與我十分友好的同事，亦開始對我產生微言。」

　　浩溫繼續說：「加上受疫情影響，很多同事都被隔離，中心的人手出現嚴重短缺，同事的工作壓力變得愈來愈大。為了分擔不能上班的同事的工作，我只好強迫同事超時工作；同事的反抗亦愈演愈烈，並指責我好高騖遠，獨斷獨行。我不但不獲得上司體諒，又遭到同事惡言相向，感覺自己兩面不是人。」

在一次例行身體檢查中，浩溫向醫生透露了最近面對的工作壓力，並反映自己的脾氣最近變得愈來愈差，而且不想上班，有時更無緣無故哭泣，醫生於是便勸浩溫找精神科醫生做一個詳細檢查。

浩溫對精神科醫生說：「有一次，中心的傳真機出現故障，我竟然情緒失控，對着一部傳真機『拳打腳踢』，嚇得同事目瞪口呆，我想我已經嚴重情緒失控。」精神科醫生於是給浩溫處方了一些精神科藥物，並鼓勵浩溫接受心理輔導。

在心理輔導的過程中，浩溫回顧了最初投身社會工作的熱忱和初心，心理輔導員提醒浩溫：「不要對一些事情過分執着，有時對某些事情太過執着，反而會令自己偏離目標，並且令自己筋疲力竭。」

其後，浩溫向機構請了一個月大假，在家中好好休養，並重新思考自己的工作和人生方向。及後，浩溫向同事一一道歉，並向同事解釋，近來自己因為工作壓力太大，才做出一些不成熟的決定，請他們原諒。同事亦十分明白浩溫的處境，他們了解浩溫的為人，叫他不要太過介懷。

經歷了這次危機，浩溫對研究員說：「我對自己的了解加深，亦覺得自己成長了。我會年底前離職，到外國進修一些與社會科學相關的碩士課程，回來後再重新投入青年工作的行列。」

有一次，中心的傳真機出現故障，我竟然情
緒失控，對着一部傳真機「拳打腳踢」，嚇得
同事目瞪口呆，我想我已經嚴重情緒失控。

　　　　　　　　　　　　　　　—— 浩温

社交焦慮

家庭關係

抗逆力

手機成癮

反芻思考

寂寞

朋友支持感

創傷後壓力症候群

睡眠問題

神經質

困擾

廣泛焦慮

衝動

飲食失調

思覺過敏

運動量

自尊

抑鬱

78

成長的挑戰

Theodore 是一個大學二年級學生，在訪談中，Theodore 向研究員表示：「過去的我，習慣收藏自己，遇到任何事情都一個人解決；如今的我，已經變得較為開放，起碼我願意與相熟的朋友談到生活上遇到的難題，並互相交換意見。」

Theodore 內向的性格並非無跡可尋。「在中學階段，我曾經有一個很要好的朋友，我十分珍惜這段友誼，並且和他無所不談；但突然有一天，這位朋友開始疏遠我，不再與我聯絡。雖然我嘗試詢問他究竟，但他只是支吾以對，並沒有多作解釋。」自此以後，Theodore 便對人感到心灰意冷，不願意再主動認識新朋友，並在人際間建立起厚厚的圍牆，不讓任何人進入。

「我與家人的關係也不太融洽。從小到大，我的父母對我十分嚴厲，要求亦很高；就算我的大考成績不錯，他們也不會給予我適當的讚賞，只是不斷怪責我仍未達到他們的要求。」中學文憑試放榜那一天，Theodore 因為成績未如理想而感到灰心；

但父母不但沒有安慰他，反而重重的責備他，說了很多傷害 Theodore 的說話，令 Theodore 十分難過。

　　後來 Theodore 升上大學，他主動參加學生事務處舉辦的成長小組。在成長小組中，他檢視了成長過程留下的傷痕；在輔導員的引導下，他解開了一個又一個心結，並重新與人建立信任的關係。總結這次經驗，Theodore 表示：「雖然到了今天，我的朋友數目仍然不多，但我已經變得較為主動，願意向陌生人伸出友誼之手。」此外，經輔導員的鼓勵，他亦嘗試向家人說出自己的想法，心平氣和地與家人好好溝通。Theodore 清楚知道，要走出從前的陰影和傷害並不容易，但他願意踏出第一步，接受成長的挑戰。

過去的我，習慣收藏自己，遇到任何事情都一個人解決；如今的我，已經變得較為開放，起碼我願意與相熟的朋友談到生活上遇到的難題，並互相交換意見。

—— Theodore

反芻思考

衝動

抗逆力

手機成癮

困擾

神經質

運動量

抑鬱

社交焦慮

自尊

廣泛焦慮

睡眠問題

朋友支持感

寂寞

飲食失調

思覺過敏

創傷後壓力症候群

家庭關係

79

生命苦果

Mason 是一名中學教師，在本地一所國際學校任教。Mason 大學畢業後，已經從事教學工作；他對教學充滿熱誠，深得學生愛戴。

Mason 工作之餘，喜歡遠足和行山。從外表看，Mason 是一個性格開朗、積極進取的人；然而陽光性格背後，Mason 原來曾患上情緒病，從抑鬱與焦慮的路上走過來。

由於疫情關係，學校收生嚴重不足，很多老師都被迫辭職，留下來的老師一人要分擔多個角色，Mason 也不例外。他除了教學之餘，更要兼顧行政和推廣工作；做得不好時，更會遭校長痛罵。性格和善的 Mason，只好不斷犧牲自己的社交生活和作息時間，以滿足上司的要求。

很不幸，大概一年前，當 Mason 專心致志在學校工作，卻突然收到警方的電話，告知他長期受抑鬱困擾的好友，在日本旅行時在酒店上吊，結束了短暫的人生。

Mason 表示：「這名友人的父母分開以後，他一直放不低，常常悶悶不樂，後來更得了抑鬱症。我永遠不會忘記那天，當警察通知我，他在彼邦結束自己的生命，我頓時感到十分迷惘，為甚麼他要結束自己的生命呢？為甚麼他遇到困難時，不與我談一談？」

幸好 Mason 身邊有一個很關心他的女友，遇到困難時，Mason 會向她傾訴，女友也願意聆聽和鼓勵他。Mason 與研究員分享：「與女友的關係對我來說非常重要，她陪我渡過每一個難關；假如沒有她的支持，我早已精神崩潰。」

Mason 是一個虔誠佛教徒，他每逢假日，都會到佛堂聽上師講課，希望獲得一些佛教知識和智慧；但受到工作壓力和友人離世的影響，Mason 始終嚥不下這生命苦果，繼而出現短期抑鬱與焦慮症狀。Mason 接受了精神科服務，並按照醫生指示，服用降低抑鬱和焦慮的精神科藥物。

最後，Mason 對研究員說：「人生路充滿崎嶇和痛苦，有些事情改變不了，太過執着，只會加深自己的痛苦；希望有一天，自己擁有足夠智慧，脫離執迷，渡過苦海。」

朋友支持感 ❤

創傷後壓力症候群

困擾

焦慮

手機成癮

社交

飲食失調

神經質

反芻 思考 自尊

抑鬱

睡眠問題

寂寞

衝動

運動量

廣泛焦慮

抗逆力

家庭關係

思覺過敏

80

走出傷痛

傲雪是一名大學生，現正攻讀香港大學的碩士課程。

傲雪並非本地人，她去年才從內地來港，與幾位內地同學一起租住西環一間唐樓。

傲雪向研究員說：「在這裏生活將近一年，有很多地方未能適應；廣東話是一種很難掌握的語言，文化與生活習慣也需時間適應。」但對傲雪來說，最大的挑戰，是沒有男朋友在身邊。

傲雪來港前有一個拍拖多年的男朋友，她的男朋友在內地工作；兩人分隔兩地，只能透過電話和視像維繫感情。久而久之，兩人開始出現不少誤會，傲雪對男友的信任亦愈來愈低。經過一年多的折騰，兩人最終分手。

分手後，傲雪出現了抑鬱的症狀；不但食慾不振，睡眠也不佳。傲雪向研究員表示：「我十分後悔做了來港的決定，如果當初不是堅持一定要來港讀書，我和男友的關係便不會弄至如此

田地。」

在內地，傲雪的成績一向名列前茅，她的男朋友希望她在學業上更上一層樓，才忍痛讓她到香港讀書，怎料卻埋下分手的導火線。

後來傲雪接受了大學提供的免費輔導服務，輔導員建議傲雪盡量照顧好自己的需要，並多發掘新興趣，以轉移自己的注意力；此外，輔導員向傲雪指出，每個人的復原時間都不同，不須強迫自己馬上復原。

傲雪非常感謝輔導員的幫助，並承諾會繼續與輔導員會面，一步步走出傷痛。

我十分後悔做了來港的決定，如果當初不是堅持一定要來港讀書，我和男友的關係便不會弄至如此田地。

—— 傲雪

思覺過敏

反芻思考

寂寞

創傷後壓力症候群

運動量

手機成癮

自尊 抑鬱 衝動

朋友支持感

神經質

睡眠問題

飲食失調

廣泛焦慮

抗逆力

社交焦慮

家庭關係 困擾

81

真心話

Sweety 是一個大學一年級學生，進行訪談時，她的對答十分流暢，完全看不出她是個社交恐懼症患者。

Sweety 說：「我不經常與人接觸，與我最親近的，只有家中的寵物。我在家中飼養了一隻刺蝟和一隻守宮；與寵物相處時，我會感到無比幸福和滿足。」

Sweety 表示自己不喜歡逛街，平日也不會商約朋友出外吃飯。「我害怕人群，如果可以避開人群，我都盡量避開；在街上，當有人靠近我，我會感到渾身不自在。」

Sweety 談到一次可怕的經歷。「那時我正在逛書店，一位男士不斷以奇異的目光向我打量，我即時覺得這位男士想傷害我，我便丟下書本，拔足而逃。」

研究員問 Sweety 害怕甚麼？ Sweety 說：「我不知他口袋會不會藏有武器？也許沒有；但我不知他會不會使用其他方法去傷

害我？」

Sweety 形容這次遭遇並不是單一事件，她不斷向研究員強調：「始終寵物最懂我的心，牠們會依偎着我，給我安全感，也療癒我的內心。」

Sweety 其實對人不是完全不信任，當與研究員熟絡後，她亦會滔滔不絕，説出真心話。

我害怕人群，如果可以避開人群，我都盡量避開；在街上，當有人靠近我，我會感到渾身不自在。

—— Sweety

朋友支持感

創傷後壓力症候群

睡眠問題

社交焦慮

抑鬱

飲食失調

衝動

反芻思考

自尊

家庭關係

手機成癮

抗逆力

思覺過敏

寂寞

運動量 神經質 廣泛焦慮 困擾

82

魔咒

安妮的父母一直關係欠佳，經常為小事爭執。在安妮讀小學期間，安妮的父母發生了一次激烈的爭吵，需要警方介入。安妮其後搬到親戚的家暫住，並且連續三個月沒有上課。

「不知是不是因為這種成長背景，我從小便缺乏專注力，學業成績總是強差人意；升上高中後，由於課程內容愈來愈艱深，加上父母不停發生磨擦，我根本無法專心溫習，最後被迫停學半年。」

受家庭問題的困擾，安妮開始出現抑鬱和狂躁的症狀，「那時候，我似乎擁有無窮精力，甚麼都想一試，我吸食過不同種類的毒品，甚至試過自尋短見。」在那段時間，安妮的腦海會有把奇怪的聲音，經常對她說：「你不配擁有一個融洽的家庭，你是一個被遺棄的孩子。」

這種想法在她的腦海盤旋，活像一個魔咒。幾經掙扎，安妮終於考入某間職業訓練學校；她讀書之餘，更主動約見學校

輔導員，處理家庭對她的影響。安妮表示：「輔導員向我解釋，那魔咒可能與我的成長經歷有關；透過輔導，我一步步學習接納自己，並逐步改善自己，希望最終能夠從家庭的傷害中走出來。」

接近訪談尾聲，安妮分享了她對人生的一些獨特看法：「每個人的人生都不一樣，我一直覺得自己跟別的女生不大相同；我說話直率，更有點粗魯，朋友都嘲笑我是個『男仔頭』。但或許因為擁有這種性格，令我擁有無窮鬥志，最終沒有放棄自己。」研究員亦十分欣賞安妮這種生命蠻勁，並且相信她有能力克服過去的陰影，活出不一樣的人生。

透過輔導，我一步步學習接納自己，並逐步改善自己，希望最終能夠從家庭的傷害中走出來。

——安妮

創傷後壓力症候群

飲食失調

手機成癮

思覺過敏

社交焦慮

抗逆力

睡眠問題

困擾

自尊

反芻思考

寂寞

衝動

神經質

家庭關係

抑鬱

朋友支持感

運動量

廣泛焦慮

83

活着就是地獄

聽完布凡的經歷，研究員深深感受到，她每一天都過得不容易，她不是跟自己搏鬥，便是跟身邊人搏鬥。從布凡的敍述中，可以看出布凡的焦慮問題，已經對她的生活構成嚴重的影響。

布凡是一個 22 歲的應屆大專畢業生，她修讀商科，本以為前途一片光明，卻因為一些心理困擾，令她長期找不到工作。談到自己的性格，布凡向研究員表示：「有人說我對人極度不信任，我也不知是否真的這樣？但每次外出，我總覺得其他人注視着我，在我背後對我指手劃腳，令我十分不安。」

布凡表示自己從小性格便十分內向，她不會跟同齡的同學玩耍，亦害怕成為別人的焦點。「小時候的我，由於表現呆滯及過分沉默，竟然成為了同學欺凌的對象，但老師卻袖手旁觀。長大後，我雖然擁有幾個要好的朋友，但是我總覺得他們不是真的喜歡與我交往，他們只是同情我，才和我做朋友。」

大學畢業後，布凡曾找到一份文職工作，但沒多久便被辭退。布凡表示：「不知為何，每次回到辦公室後，我的腦袋便變得一片空白，覺得很快會被公司辭退。」布凡應驗了「自證預言」，上班半個月後，便被公司解僱。

在整個訪談中，布凡不是批評別人，就是不斷批評自己；對她來說，世上沒有一個好人，活着就是地獄。研究員對布凡的情況也感到十分無奈，只期望布凡能透過適切的專業協助，從內心的囚牢走出來。

長大後，我雖然擁有幾個要好的朋友，但是
我總覺得他們不是真的喜歡與我交往，他們
只是同情我，才和我做朋友。

—— 布凡

社交焦慮

運動量

自尊

思覺過敏

反芻思考

困擾

睡眠問題

飲食失調

家庭關係

抑鬱

神經質

廣泛焦慮

朋友支持感

手機成癮

寂寞

衝動

抗逆力

創傷後壓力症候群

84

誰願靠近我？

24 歲的端麗是一個大學畢業生，她向研究員反映，自己的人生與其他同學的人生不一樣，原因是她患有牛皮癬。

「我覺得社會已經把我拋棄，多年來牛皮癬的問題一直困擾着我，令我感到十分自卑；外出時，我習慣穿着長袖衣服，以遮掩身上的牛皮癬。」端麗覺得這個世界十分不公平，為何偏偏是她得了這個難治之症？

端麗繼續説：「無論是社交或工作，我都受到這種皮膚病的影響，不但求職遇到困難，外出時也會吸引途人奇異的目光；身邊人都會故意避開我，連朋友也與我疏遠。每次坐地鐵，我旁邊的座位都是空空的，根本沒有人願意靠近我。」

因為沒有固定工作，端麗的生活非常拮据。端麗表示：「患病之後，我才發現政府原來沒有把牛皮癬列入殘疾狀況，給患者發任何生活津貼；我試過尋求社工協助，但社工也無法提供任何實質幫助，只是不停勸我要接納自己。」

因為這種皮膚困擾，端麗長期處於抑鬱和社交焦慮的狀態。「沒有人明白我們這些長期病患者的痛苦，誰願靠近我？」端麗指出，因為內心積存的情緒壓力無法宣洩，身體的免疫系統自然會受到影響，且形成惡性循環，令牛皮癬的問題無法痊癒。

聽過端麗的經歷，研究人員也感到心酸和無奈；希望端麗不要放棄，在復原路上繼續堅持下去。

每次坐地鐵，我旁邊的座位都是空空的，根本沒有人願意靠近我。

——端麗

手機成癮 睡眠問題
創傷後壓力症候群 衝 抑 抗逆力
飲食失調 動 鬱 思覺過敏
廣泛焦慮 運動量
寂寞 家 神經質 自尊
朋友支持感 庭 困擾
關 社交焦慮 反芻思考
係

85

生存的意義

小學時，Ava 被懷疑患上亞斯伯格症[22]，只是一直未正式確診。

回想起小學的美好時光，Ava 表示：「可能你不會相信，小學時，我其實非常外向；從幼稚園到小學，我都喜歡跟同學一起玩耍，並經常主動邀請同學外出遊玩。但奇怪的是，自從升上中學後，我彷彿變了另一個人，對很多事情提出質疑：與朋友嘻嘻哈哈有甚麼意義？甚至懷疑生存的意義。」

Ava 向研究員反映：「除了初小那一段日子，我一直以來都是獨來獨往；任何社交場合，我都選擇逃避，身邊只有一兩個討論功課的同學。除了她們，我不會與任何人建立關係；我始終覺得社交很無聊，大部分人都很無聊。」

Ava 博學多才，成績優異，英文和數學科更是名列前茅；沒有人會想到，Ava 會質疑生存的價值？Ava 熱愛數學，她形容數字和符號就像另一種語言；在數學的世界，彷彿所有事情都會有

正確答案，是非對錯一目了然。「如果可以，我寧願選擇和數字『溝通』，我永遠不會對數字感到沉悶，反而樂在其中。」Ava 如是說。

中四時，Ava 確診患上抑鬱症。「那時候，我對生存價值的懷疑變得愈來愈嚴重；在我的內心，彷彿住着一個空洞的靈魂，它不停否定生存的意義。」透過服用抗抑鬱藥，Ava 從抑鬱的情緒中漸漸康復過來。但藥物治好了她的情緒病，卻沒有醫好她對生存價值的懷疑；Ava 向研究員表示，直至今天，她仍找不到生存的意義。

眼前的 Ava，只有 16 歲，Ava 擁有一個敏感的靈魂，她不跟從大多數人的價值觀，反而對生命的價值不斷叩問；研究員相信，終有一天，Ava 可以找到自己在世的位置，找到生存的價值和意義。

---

22 亞斯伯格症，全名亞斯伯格症候群，是一種神經發育障礙，病徵包括：患者出現社交與非言語交際的困難，並伴隨着異常的興趣和行為模式，例如興趣狹隘、出現重複特定行為等。

在我的內心，彷彿住着一個空洞的靈魂，它不停否定生存的意義。

—— Ava

家庭關係

神經質

手機成癮 ⚡

寂寞　衝動　困擾

社交焦慮

抑

反芻思考　飲

廣泛焦慮　食

鬱

朋友支持感　失

🌧️　思覺過敏　自尊　運動量　創傷後壓力症候群　調

睡眠問題

抗逆力

🍴

86

厚甸甸的鉅著

Sophia 是一個社工學生，Sophia 在中四時，曾面對巨大讀書壓力，加上被同學欺凌，因而患上抑鬱症。

Sophia 對研究員說：「中四時，我的成績是全班第一名，第二名是我的好友莉莉。由於我倆深得老師的愛戴，因而引起同學的妒忌。某些同學於是散播謠言，說我們是同性戀人，令我們成為眾人的笑柄。」

Sophia 除了患有情緒病，更深受濕疹之苦。Sophia 表示：「嚴重的時候，我全身的皮膚沒有一吋完好無缺，而且十分痕癢，我會忍不住不停往癢處抓，最後弄至全身滿佈傷痕。」

升上大學後，當別的新生興高采烈參加大學迎新營，Sophia 卻因為害怕別人的目光而拒絕出席。幸好 Sophia 與父母和妹妹的關係十分要好，遇上任何難題，Sophia 都會向他們傾訴；他們一直陪伴 Sophia 接受治療，克服一個一個難關。

　　直至今天，Sophia 的濕疹問題仍非常反覆，Sophia 向研究員表示：「我也搞不清楚是情緒問題引發濕疹？還是吃了精神科藥物，才令皮膚出現濕疹？最近醫生給我開了新的精神科藥物，説這些藥物的副作用較少。轉藥之後，我的濕疹問題有了改善。」

　　整個訪談中，Sophia 完全不像一個死氣沉沉的抑鬱病人；她對研究員的態度十分親切，而且非常有禮。Sophia 表示，她十分相信全人醫治，她除了接受皮膚科和精神科醫生的治療，也光顧中醫，並接受另類療法。Sophia 説：「久病成醫的我，如果將我的病歷整理成為一本書，那本書一定是一本厚甸甸的鉅著！」

廣泛焦慮 反芻思考 神經質

抑 鬱 家庭關係 朋友支持感

衝動 運動量 手機成癮 睡眠問題 思覺過敏

寂寞 抗逆力 創傷後壓力症候群 自尊 困擾

社交焦慮 飲食失調

87

未出現的「未來」

萱萱今年 21 歲，是一名未婚媽媽；本來性格爽朗、不拘小節的她，自從孩子誕生後，便變得容易焦慮和緊張。

萱萱對研究員說：「我自小便知道自己不是讀書的材料，中學畢業後，便投身社會工作；本來一切順利，但自從懷有男朋友的胎兒，便得辭掉工作，一心照顧寶寶。」

萱萱從沒想過當母親，她對擔當母親的角色，完全沒有信心；萱萱認為自己未擁有足夠的成熟程度去成為一個好母親。

「懷着擔心和憂慮，我與男朋友經常為寶寶的事發生口角；他只顧玩電玩，根本不會思考未來，總是説『船到橋頭自然直』。」

無數晚上，萱萱都無法安然入睡，白天亦沒有心情做家務，漸漸心情變得異常低落，很多負面思想充斥腦海。「偶爾做家務時，我也會無緣無故哭起來。」

最後，在男朋友陪伴下，萱萱尋求精神科醫生的協助。醫生除了給萱萱處方精神科藥物，更勸萱萱不要為「未來」過分擔心，醫生說：「一天的難處一天當就夠了。」

「經醫生提醒，我才發現自己很多擔心，其實都是一些不切實際的憂慮；我會盡量聽從醫生的勸導，把精力集中解決眼前的問題，不要為未出現的『未來』大費周章。」

我會盡量聽從醫生的勸導，把精力集中解決眼前的問題，不要為未出現的「未來」大費周章。

——萱萱

思覺過敏

神經質

睡眠問題

困擾

手機成癮

飲食失調

家庭關係

自尊

衝動

抑鬱　寂寞　廣

朋友支持感

抗逆力

反芻思考

泛焦慮

運動量

社交焦慮

創傷後壓力症候群

88

與藝術相遇

梓傑是一名大學三年級學生，正修讀藝術創作。梓傑喜歡繪畫，閒時喜歡到郊外寫生。梓傑在中四時選修了視覺藝術科，開展了他的藝術創作路。

梓傑向研究員表示，年幼的他，便受到各種精神疾病所困擾，長時間出現抑鬱和焦慮，更偶爾出現幻覺。但疾病卻無阻梓傑對藝術的追求；中四那年，梓傑遇上了一名視覺藝術科的好老師，並啟發他對藝術的熱愛。

「當時的我，繪畫技巧仍非常幼嫩；但每次上視覺藝術課，我都會非常投入，並且認真做好每份作業，我亦漸漸愛上繪畫。」

創作時，梓傑深深體會到藝術的療癒性。「透過運用顏色，並掌握筆觸的力度，我可以把自己的內心世界，投射到畫板之上，這有助抒發我內心積壓的情緒，並讓我從困境中暫時抽離。」

　　無論作品美或醜，梓傑都十分享受每次創作過程；藝術對梓傑來說，是一種有效的療癒工具。梓傑表示，雖然現實生活並沒有太大改變，但藝術卻為他混沌的心靈帶來平靜，並且開拓更多生命可能。

透過運用顏色，並掌握筆觸的力度，我可以
把自己的內心世界，投射到畫板之上，這有
助抒發我內心積壓的情緒，並讓我從困境中
暫時抽離。

—— 梓傑

廣泛焦慮

創傷後壓力症候群

運動量

家庭關係
反芻思考

寂寞

手機成癮

抑鬱

衝動

睡眠問題

朋友支持感

自尊

社交焦慮

飲食失調

神經質

思覺過敏困擾

抗逆力

89

還是感到寂寞

Mateo 是一個 15 歲的中學生，就讀國際學校，母親是台灣人，父親是一間國際科技公司的總裁。Mateo 小時候在台灣長大，後來跟隨父親搬到香港生活。雖然 Mateo 家境富裕，生活無憂，但 Mateo 的生活並不快樂。

Mateo 自小患有過度活躍症[23]，甚至由於這個原因，中二的時候曾經一個月都沒有上課。雖然 Mateo 一直服用藥物，但因為專注力不足，令 Mateo 難以集中精神學習，導致他跟不上學習進度，成績強差人意。

Mateo 表示，他與同學的關係也不太融洽。「沒有人真正關心我，當我覺得孤單的時候，常常找不到傾訴的對象。很多人都因為金錢利益接近我，想從我身上佔便宜；我會刻意與人保持距離，只把鬱悶憋在心裏。」

由於 Mateo 的父親工作十分忙碌，對 Mateo 不是不關心，但只停留在滿足他的物質需要；由於沒有傾訴的對象，Mateo 長

期情緒低落，做甚麼事也提不起勁，覺得日子十分難熬。

　　接近訪問尾聲，Mateo 從口袋裏拿出一部新款遊戲機，說是日本現今最流行的款式。但研究員知道，這一切並不能填補 Mateo 心靈上的缺乏；即使 Mateo 家中購置了不同款式的遊戲機，他還是感到寂寞。

23　過度活躍症，全名注意力不足 / 過度活躍症，是一種神經發展障礙。過度活躍症對患者的情感、運動、社交及語言功能產生影響，其中包括不能專心、衝動與過動等。

很多人都因為金錢利益接近我，想從我身上佔便宜；我會刻意與人保持距離，只把鬱悶憋在心裏。

—— Mateo

睡眠問題 衝動 朋友 創傷後壓力症候群
困擾 抑鬱 友 支持感慮
廣泛焦慮 自尊 抗逆力
手機成癮
飲食失調 反芻思考 運動量 社交家庭寂寞 焦慮關係 神經質
思覺過敏

90

母親離世之後

子容是一名頗為健談的中五學生。健談的子容在單親家庭長大，母親在子容中三時因病離世。

子容向研究員說：「我原本是一個活潑好動、喜歡說話的男孩，但自從母親離開以後，我的性格便出現很大變化，我的情緒不時出現波動，有一段時間我長期收藏自己。」子容表示，他不習慣向人流露自己的情緒，別人亦很難看得出他遇到問題。

子容給人的感覺十分正面，在老師眼中，子容具有領導能力，敢於提出自己的意見；在同學眼中，子容是一個成績優異的好學生，特別在科學相關科目中表現出色，但原來他為母親離世一事一直耿耿於懷。

子容表示：「母親離世那天，我從學校趕到醫院見她最後一面，但由於母親患病多年，而且每況愈下，我早有心理準備；看着母親閉上眼，我沒有哭，也沒有不捨。」

然而，在子容的母親逝世一年後，與母親相處時留下的感覺，卻突然湧上子容的心頭。

「在夜闌人靜時，我便想念母親，並且不停痛哭。」但日間的他，又會回復正常，繼續笑臉迎人。這種極端的情緒反應，曾令子容懷疑自己是否患有精神病？

雖然母親已經離世，但子容始終對一件事不能釋懷。「那次我和母親乘巴士，由於母親不良於行，需要以輪椅代步。在巴士上我碰到一位相熟的同學，她看見我推着輪椅，反應有點尷尬。在四目交接下，我感覺自己的家事被『揭發』，頓時感覺無地自容。我不理母親的死活，一個人登上巴士上層，為的是逃避那位同學的目光。」

回想起這事件，子容感到無比內疚，後悔自己為何會丟下母親不顧。聽着子容對事件的描述，研究員仍深深感受到子容的追悔。研究員只好給子容一些安慰，鼓勵他原諒自己，因為過去的已經過去。

自從母親離開以後，我的性格便出現很大變
化，我的情緒不時出現波動，有一段時間我
長期收藏自己。

—— 子容

創傷後壓力症候群 家庭關係 ☹寂寞

衝動 神經質 廣泛焦慮 反芻思考

睡眠問題 朋友支持感

👀 社交焦慮 思覺過敏 運動量 抑鬱

困擾 飲食失調 抗逆力 自尊

手機成癮 ☀

91

Eleanor 的童年

Eleanor 在一間小學從事教書工作。「也許為了彌補童年的遺憾，因此我特別喜歡小孩子，並十分享受與孩子相處的時間。」

Eleanor 較為敏感的性格，讓她能夠敏銳地觀察學生的情緒變化，並照顧學生細微的需要；Eleanor 偏向悲觀的想法，亦令她凡事作出最壞打算，即使碰上任何突發情況，她總有辦法解決。

Eleanor 的辦事能力深得上司和學生的認同和讚賞。在上司眼中，Eleanor 是一個心思縝密、非常勤奮的好職員；在學生眼中，她是一位溫柔又細心的好老師。

Eleanor 表示：「我在單親家庭長大，與母親相依為命。讀小學時，父親突然失蹤，母親沒有多作解釋，只推說父親去了旅行，但其實他們正辦理離婚手續。幾年後，母親安排我與父親見面，但由於多年沒有見面，與父親的感覺十分疏離。」

父親離開以後，Eleanor 的母親要獨力承擔家庭的一切開支，要長時間外出工作，只好獨留 Eleanor 在家中，由鄰居照顧。Eleanor 沒有同伴，只與四壁為伍，餓了哭了也沒有人回應，淚乾了就打開冰箱，把一些過期零食塞入口中。

這些童年經歷，造就了 Eleanor 願意為人付出的悲天憫人性格。但 Eleanor 向研究員強調：「這種性格有它的好處，也有它的缺點；由於自小欠缺家庭溫暖，我對人容易產生不信任，經常會胡想亂想，有時更因此而陷入情緒低谷中，不能自拔。」

Eleanor 接着談到她與丈夫的關係，由於童年經歷的影響，她經常對丈夫產生猜疑，並導致夫妻經常為小事出現磨擦。

最後，Eleanor 表示：「童年經歷對人的影響十分巨大，我仍學習如何與自己的過去相處。」

童年經歷對人的影響十分巨大，我仍學習如
何與自己的過去相處。

—— Eleanor

飲食失調

朋友支持感

困擾　思覺過敏　運動量

反芻思考　社交焦慮　自尊　寂寞　家庭關係衝動　神經質　廣泛焦慮

睡眠問題

抑鬱　抗逆力

手機成癮

創傷後壓力症候群

92

最後一根稻草

H 是一名 24 歲的男生，年幼喪父，由母親一人獨力照顧。

H 在香港完成小學和中學，其後到外國升學，報讀與藝術相關的學士學位課程。H 向研究員表示：「在外國讀書，認識的都是外國人，以前結識的香港朋友已甚少聯絡，日漸疏遠。」對 H 來說，可以支持他的人就只有女朋友。

H 畢業後找不到全職工作，只有數份與藝術相關的的兼職。工餘時，H 會到教會當義工，為貧困兒童補習。2020 年 H 被本地某大學的藝術文學碩士課程取錄，為了應付學費開支，H 唯有從事多份兼職；但出於責任心，H 並沒止辭退教會的義務工作。

「要兼顧學業、工作與教會，我每天只能睡少於五小時，令我感到筋疲力竭。」由於工作忙碌及聚少離多，女朋友終於有了新歡，導致兩人最終分手。但想不到分手一事，竟成為壓垮 H 的最後一根稻草。分手之後，H 出現了抑鬱和焦慮症狀，整個

人精神繃緊，亦難以集中精神。

　　幸好得到社工的協助，H 才漸漸從抑鬱和焦慮的情緒中走出來。「透過社工的輔導，讓我明白自己性格的優點和缺點；我的性格較為內向，不習慣與人分享心事，積存的情緒和壓力無法宣洩，身體便容易出現問題。」H 如今終於明白，生活縱然忙碌，也需要放鬆和喘息的空間；如果生活欠缺平衡，是要付出代價的！

我的性格較為內向，不習慣與人分享心事，積存的情緒和壓力無法宣洩，身體便容易出現問題。

—— H

飲食失調

反芻思考

衝動

神經質

睡眠問題

創傷後壓力症候群

寂寞

抑鬱

困擾

手機成癮

自尊

朋友支持感

廣泛焦慮

運動量

家庭關係

思覺過敏

社交焦慮

抗逆力

93

與病共存

與研究員進行訪談時，浪濤一直坐立不安，而且說話速度很快，原來浪濤是一個「專注力不足 / 過度活躍症」患者。

當浪濤讀小四時，老師發現他常常忘記帶書本回校，也經常欠交功課；原本以為浪濤因為記性不好，才出現上述情況；但後來老師發現，浪濤上課時總是坐立不安，在課室四處奔跑。浪濤的媽媽於是帶浪濤去看醫生，最後確診他患上「專注力不足 / 過度活躍症」。

如今浪濤已經是一個中五學生，他仍受着「專注力不足 / 過度活躍症」的影響，需要定時服藥；但浪濤和家人選擇與病共存。浪濤對研究員說：「其實專注力不足或別人所稱的過度活躍症，沒有甚麼大不了；我仍繼續學習，並為着明年舉辦的中學文憑試努力。」

對「專注力不足 / 過度活躍症」的患者來說，朋友和家人的接納和支持十分重要；為了支援浪濤，浪濤的家人努力在網上搜

尋相關資訊，學習如何與患有「專注力不足 / 過度活躍症」的孩子相處。此外，浪濤的家人亦不時參加相關的專題講座，與專業人員交換意見。

研究員與浪濤的接觸過程中，深深感受到浪濤積極樂觀的性格；他似乎適應了疾病對他生活的影響，並且對未來充滿盼望。

其實專注力不足或別人所稱的過度活躍症，沒有甚麼大不了；我仍繼續學習，並為着明年舉辦的中學文憑試努力。

——浪濤

社交焦慮

手寂寞機成癮

神經質敏過

飲食失調 廣泛焦慮 反芻思考 創傷後壓力症候群

家庭關係 運動量

朋友支持感

睡眠問題 衝動

困擾 抗逆力 抑鬱

思覺過

自尊

94

阿弘

今年 19 歲的阿弘，是土生土長的香港人。當其他同齡的同學享受暑假，患有抑鬱症、焦慮症及強迫症的阿弘，卻只能留在家中度過暑假。

從小阿弘的爸爸對阿弘拳打腳踢，這等暴力行為一直維持至阿弘小學畢業，直至阿弘的父母正式分居為止。在往後的日子，阿弘便跟媽媽和兩個姊姊一起生活。

雖然童年受到暴力對待，阿弘仍鼓起勇氣，積極利用跑步和運動，維持心理健康。

升上了中學後，阿弘又成為同學欺凌的對象。面對連串打擊，阿弘跌入憂鬱的深淵，對所有事物失去興趣，連做事也缺乏動力，最終放棄了跑步和運動的習慣。嚴重時，阿弘會出現強迫思想和強迫行為，他會不停重複洗手。

其後，阿弘更出現「妄想型人格障礙」[24] 的症狀，覺得身邊

的人無論是否認識他，都想傷害他。受到多種精神健康問題的影響，阿弘的自我照顧能力及社交能力也大大降低；阿弘終日留在家中，後來更因為嘗試傷害自己，被送到醫院接受精神科治療。

猶幸透過藥物的幫助，阿弘的精神問題出現好轉；現在的阿弘，已經重投跑步與運動的懷抱。雖然訪談時，阿弘仍需服用精神科藥物，但已經一步步開展自己的新生活。

---

24 妄想型人格障礙是人格障礙的一種。人格障礙是指患者內在經驗與行為方面，出現某種持續模式，並對患者的職業與人際功能產生損害。妄想型人格障礙的病徵包括：對別人普遍不信任，懷疑別人的動機，詮釋別人的動機為惡意等。

抑鬱 運動量

反芻思考 抗逆力 手機成癮 社交焦慮

思覺過敏 飲食失調 自尊 衝動

睡眠問題

家庭關係 朋友支持感

寂寞

創傷後壓力症候群 困擾

廣泛焦慮

神經質

95

患有飲食障礙的少女

　　Y 是一名 22 歲的少女，即將大學畢業。Y 的性格比較內向，但談到自己喜歡的事情，她卻會滔滔不絕。接着 Y 便談到她患上飲食障礙 [25] 的經過。

　　Y 對研究員説：「我一直為着自己的身形感到自卑，我知道暴飲暴食會令身材變差；但每當面對壓力時，我還是忍不住大吃大喝。」

　　由於身形問題，Y 會盡量避免參與任何群體活動。Y 表示：「我覺得自己毫無價值，常常期望自己在人群中消失。此外，我的腦袋更不時會閃出自殺的念頭。」升上大學後，Y 意識到需要認真處理自己的情緒及飲食問題，於是鼓起勇氣約見大學的輔導員。

　　輔導員向 Y 指出，很多人會利用飽肚感以填補內心的空虛，暴飲暴食亦可能是一種逃避行為。Y 於是認真面對自

己內心的匱乏，並學習接納自己。

_____

25 飲食障礙是一種失能的飲食模式，大致分為厭食症、暴食症與狂
　食症。飲食障礙患者會過分注意自己的體重、身形與食物，並發
　展出危險的飲食行為，最後引致營養出現問題，繼而引發各種身
　體、社會及心理功能問題。

抗逆力
神經質
寂寞　運動量
抑鬱　反　困擾
睡廣　霎　社家
眠泛　思　交庭
問焦　考　焦關
題慮　　慮係
衝動　　　　　自尊
飲食失調　思覺過敏
創傷後壓力症候群
朋友支持感
手機成癮

96

外來者

丁蘭是一名新加坡籍的中學生,最近跟父母移居香港。

丁蘭向研究員表示:「小時候的我,是一個活潑外向的女孩,很喜愛結交朋友。但父親從事國際貿易,需要到不同地方出差;我們一家人一直過着漂泊的生活,每次與別人辛苦建立的友誼,都因遷居而難以維持。」

搬到香港後,丁蘭在一所國際學校讀書。丁蘭在這所國際學校過着孤獨的生活,與同學格格不入。丁蘭表示:「在我入學時,許多同學都已經互相認識,他們視我為『外來者』,要打入他們的圈子並不容易。」

丁蘭的學習成績其實不錯,但每一次轉校,她要付出大量時間和精力,才能適應新的學習環境,難免影響她的學習進度。

上年開始,丁蘭經常感到莫名的驚恐,並引起老師的注意。學校建議丁蘭休學三星期,希望可以緩解她的焦慮情緒。

2020 年新冠肺炎疫情爆發，丁蘭發現自己愈來愈缺乏動力上學，大部分時間她臥在床上，百無聊賴，腦海不停湧出負面思想，甚至有把聲音告訴她：「不如死了便算！」

當丁蘭的父親發現女兒的抑鬱愈來愈嚴重，便決定讓她無限期休學，並接受藥物及心理治療。經過大約三個月的休養，丁蘭的自殺念頭逐漸消退；現在的丁蘭，已經重新回校上課，丁蘭亦漸漸接受了她作為「外來者」的身份，丁蘭說：「在學校，我只維持一個細小但健康的社交圈，這是我的生存之道。」

丁蘭表示要回家，便結束了這次訪談。

在學校，我只維持一個細小但健康的社交圈，這是我的生存之道。

——丁蘭

反芻思考

廣泛焦慮

思覺過敏

飲食失調

困擾

睡眠問題

抗逆力

自尊

手機成癮

家庭關係

朋友支持感

創傷後壓力症候群

運動量

衝動

社交焦慮

寂寞

神經質

抑鬱

97

不可接近的人

偲偲今年 19 歲，長大後一直與嫲嫲同住。現在的她，生活尚算穩定；但原來小時候的偲偲，曾過着顛沛流離的生活。

訪談開始，偲偲劈頭便說：「臨床心理學家對我說，我缺乏安全感，可能與我的童年經歷有關。」偲偲接着說：「自有記憶以來，父母便不停在家爭吵；吵得激烈的時候，更會以暴力傷害對方。小時候的我，漸漸對暴力習以為常，更以為其他同學的父母也是這樣。」

當偲偲升讀小學一年級時，父母更因為金錢問題發生爭執，偲偲的父親憤然離家出走，自此便不知所蹤，留下一筆巨債由母親獨力承擔。為了逃避債主，偲偲的媽媽只好帶着偲偲在街上露宿，過着流離失所的生活。

偲偲說：「我清楚記得，媽媽和我整日在快餐店流連，假裝自己是快餐店的客人，其實是因為找不到安身之所。」

後來偲偲和母親得到社工的幫助，遷入露宿者之家。但好景不常，偲偲的母親後來患上思覺失調，需要長期住院。自此偲偲便跟嫲嫲一起生活。

偲偲一直把這些童年往事埋藏心內，不向人透露；這些往事對偲偲來說，是人生不光彩的一頁。這種想法更影響了偲偲與身邊人的關係，偲偲在人際關係上築了一道厚厚的牆，同學更視偲偲為一個「不可接近的人」。

訪談進行時，偲偲會定期與臨床心理學家會面。偲偲表示：「透過臨床心理學家的幫助，我一步步認識和處理成長中留下的烙印；原來我對生命，以及對人，充滿憤怒和恨意，這是我過去不曾察覺。」

現在的偲偲，正努力為中學文憑試做準備，期望日後可以考入大學。她的願望是成為一名心理學家。

社交焦慮　廣泛焦慮　飲食失調

反芻思考　手機成癮

思覺過敏　寂寞　睡眠問題　家庭關係　困擾

抑鬱　自尊　抗逆力

運動量　衝動　神經質

創傷後壓力症候群　朋友支持感

98

K 說

K 是一名 24 歲的少女，她在本地一間知名的會計師行工作，K 最近忙於應付專業考試。

談到壓力，K 說：「身邊的人都說我很有責任心，說我不懂拒絕別人的要求；但我相信，如果這是我的責任，我一定要全力以赴。」

談到友誼，K 說：「公司的同事都是競爭者，大家不會交心，也不會做朋友。我在中學和大學認識了幾位好朋友，但自從各奔前程以後，大家便沒有時間會面。放工之後，我大部分時間都是一個人度過。」

談到家人，K 卻說：「很多人說我十分孝順，將一半薪金奉獻給父母，但我絕不會跟家人斤斤計較。我工作最大的動力，就是回報父母和家人；可惜的是，現在錢賺多了，但卻沒有時間與家人共聚。」

K 面對壓力時，習慣一個人默默承受。「最近公司很多同事移民，我一人要身兼數職；公司又非常重視關鍵績效指標，我只得硬着頭皮應付。」

工作壓力令 K 感到徬徨與焦慮，最近這幾個月，K 常常感到悶悶不樂，胃口亦明顯變差，感覺沒有能量和其他人說話。K 更發現自己無緣無故哭泣；最後，K 只得找社工幫忙。

K 說，她對着社工，說了一些平常不會說的話：「我說自己是一個社畜，別人也把我當做社畜；我唯一可以期待的，就是盡快考完專業考試，脫離苦海。」

研究員細心聆聽 K 所說的每一句話，但不知為何，研究員竟感到自己內心深處也泛起了莫名的緊張和壓力。

可惜的是，現在錢賺多了，但卻沒有時間與
家人共聚。

——K

廣泛焦慮　神經質　朋友支持感

抗逆力　寂寞　創傷後壓力症候群

社交焦慮　睡眠問題

家庭關係　反芻思考

自尊　飲食失調　手機成癮　運動量

困擾　衝動　抑鬱　思覺過敏

99

強迫症的漩渦

　　紫晴是一名 19 歲女孩，剛剛中六畢業，在一間補習社任職文員。紫晴的性格非常內向，不太懂得表達自己，她的朋友亦不多，只有兩個可以真正交心的朋友。

　　紫晴向研究員表示：「從高中開始，我一直承受着沉重的學業壓力，頻繁的考試和測驗，把我壓得透不過氣；每次遇到壓力，我都會利用洗澡的時間，躲在家中的洗手間偷偷哭泣。」久而久之，紫晴的洗澡時間愈來愈長，皮膚也變得乾燥。

　　紫晴初中的成績十分優異，但自從升上高中後，由於課程要求不同，單靠硬背死記已不足夠，紫晴的成績開始滑落，但紫晴仍眷戀昔日的卓越成績，最後患上強迫症。

　　試過好幾次，紫晴在上學途中，因為過分擔心學業成績，竟然躲在學校洗手間不停洗手；及至老師發現，通知紫晴的父母，這時父母才發現紫晴出現了嚴重的心理問題，於是帶紫晴去見精神科醫生，透過藥物和認知行為治療，紫晴逐漸擺脫焦慮和

不安。此外，家人亦接納了紫晴能力上的限制，紫晴最終選擇放棄學業，出來工作。

回望過去的一段日子，紫晴十分感謝家人和好友對她的支持。「以往的我，經常被同學看作『怪人』，只懂躲在自己的強迫思想和強迫行為中，不與人有任何接觸。現在的我，不再逃避內心的恐懼，並願意擴闊自己的生活圈子，與更多人接觸。」

透過身邊人的接納和鼓勵，紫晴終於走出強迫症的漩渦；當然，紫晴懂得調節心態，降低對自己的要求，這也同樣重要。

現在的我，不再逃避內心的恐懼，並願意擴闊自己的生活圈子，與更多人接觸。

—— 紫晴

❤ 朋友支持感

家庭關係 睡眠問題

抑 困 神 手 創 廣 飲 運 自
鬱 擾 經 機 傷 泛 食 動 尊
　　 質 成 後 焦 失 量
　　 癮 壓 慮 調 ☹
衝動　　 力　　　 寂寞
抗逆力　 症 　　　 思社
反芻思考 候 　　　 覺交
　　　　 群 　　　 過焦
　　　　　　　　　 敏慮

100

成長的陣痛

　　L是一個開朗和健談的少女，打扮時尚，經常穿著名牌波鞋。從小到大，L都熱愛動漫，中學初次接觸動漫角色，便愛上了動漫角色扮演遊戲。「透過參與動漫遊戲，我認識了幾位好友，我們經常聚在一起，一起討論心儀的動漫角色，後來更成為了互相扶持的知心友。」

　　L接着説：「家人起初並不支持我投入這種嗜好，甚至覺得我在浪費時間和金錢；但漸漸地，家人也被我對動漫的熱情打動，支持我發展這種興趣。」

　　大專畢業後，L開始當私人補習老師；做了幾年，收入不錯。「我很喜歡與小朋友為伍，也喜歡教導他們；最初當補習老師，學生數目不多；但經過一番努力，建立了口碑，便累積了穩定的客戶，收入也不錯。」

　　由於收入穩定，L有條件從家裏搬出來，租住一個屬於自己的小房舍。L對研究員説：「我終於可以隨心所欲佈置自己的家

居了。」

　　幾年前，L 在一個派對認識了她的伴侶，彼此度過了一段美好的時光，但後來兩人因為性格不合而分手；分手後，L 經歷了一段漫長的哀傷期。L 表示：「當初無法接受分手的事實，每天都以淚洗面。」L 不但失去胃口，更經常無法入睡，情緒便墮進谷底。當情緒混亂時，L 會用指甲抓傷自己，並利用傷害自己來發洩情緒。T 也想過不如從天台跳下去，但始終沒有實行。

　　經過接近一年的情緒起伏，並接受精神科醫生的介入，L 最終走出了情緒的深淵。當 L 回望那段失戀的日子，她取笑那時的自己真的過分衝動，失去了理性。

　　T 說：「今天的我，已經從哀傷中走出來；曾有過一段日子，我生活在愁雲慘霧中，那些日子不見天日，亦看不見未來；但回頭再看，那只不過是人生旅程的一部分，是成長的陣痛。」

曾有過一段日子，我生活在愁雲慘霧中，那些日子不見天日，亦看不見未來；但回頭再看，那只不過是人生旅程的一部分，是成長的陣痛。

—— L

參考書目

1. 陳友凱、陳喆燁、張穎宗、李浩銘、許麗明（2014）《思覺失調個案剖析》，中華書局。
2. 陳友凱、黃德興（2022）《青年精神醫學》，匯智出版。

本書記載了 100 個香港青年人的故事，全部來自真實的研究個案，為保障個案的私隱，個案的名字皆為虛構，故事的部分內容都經過修改或改編。

鳴謝

我們希望向每一位參與計劃的青年對本研究的付出表示衷心謝意。另外，我們亦十分感謝一眾研究助理對本地青年精神健康工作及本書的努力及付出，他們包括：陳宇曦小姐、黎峻德先生、黃奕津小姐、戴翊朗先生、邱芷翹小姐、甘博匡先生、陳子滔先生、葉恆先生、鄧宇軒先生、周需昕小姐、周嘉悅小姐、何穎琪小姐、林愷怡小姐。

責任編輯：羅國洪
文稿編輯：陸志文
封面設計：Winney_ms.daydreammmhk

100 個香港青年人的故事

陳友凱　陸志文　王名彥　蘇以晴　編著

出　　版：匯智出版有限公司
　　　　　香港九龍尖沙咀赫德道2A首邦行8樓803室
　　　　　電話：2390 0605　　傳真：2142 3161
　　　　　網址：http://www.ip.com.hk

發　　行：聯合新零售 (香港) 有限公司
　　　　　香港新界荃灣德士古道220-248號荃灣工業中心16樓
　　　　　電話：2150 2100　　傳真：2407 3062

印　　刷：陽光 (彩美) 印刷有限公司

版　　次：2023年6月初版

國際書號：978-988-76911-4-3